Prunelle

Sorcière Rebelle

De la même autrice, dans la collection Rageot Romans :

La dragonne de minuit

La fée, c'est moi !

Cœur de vampire

Pour les 12 ans et plus :

La vie dure trois minutes

Notre monstre

Agnès Laroche

Prunelle

Sorcière Rebelle

RAGEOT

Cet ouvrage a été imprimé sur un papier
issu de forêts gérées durablement,
de sources contrôlées.

Couverture : Xavier Collette

ISBN : 978-2-7002-7647-3

1

Le dos collé au mur frais de sa chambre, partagée entre effroi et stupéfaction, Prunelle peinait à reprendre son souffle.

Ses mains tremblaient, ses jambes aussi. Non, tout son corps tremblait. Sans compter son cœur, qui cavalait dans sa poitrine. Plus fou qu'Aimée, sa tendre licorne, le jour où Prunelle l'avait montée pour la première fois.

Au prix d'un effort de volonté, la jeune fille inspira lentement, bien décidée à retrouver son calme au plus vite. Elle y parvint peu à peu, le regard rivé au grand portrait de Rosée, sa mère, accroché en face de son lit. Un visage aux traits doux dont l'expression sereine et bienveillante la réconfortait toujours. Ah, si seulement elle était encore en vie... Qu'aurait-elle pensé de la situation ? L'aurait-elle aidée à comprendre ce qui lui arrivait ? L'aurait-elle condamnée, au contraire ?

Prunelle soupira profondément. Comment les choses avaient-elles pu lui échapper à ce point ? Lorsqu'elle s'était réveillée, pourtant, la journée s'annonçait des plus ordinaires...

Du haut de sa fenêtre, elle avait souri à la vue d'un joyeux soleil et de la rivière qui scintillait en plein cœur d'Osticoul, la ville où elle vivait depuis toujours. Elle avait murmuré « Aimée, ma douce », et l'animal était apparu là-bas, silhouette noire au beau milieu du pont, pour s'avancer tranquillement en direction de la maison familiale. Puis elle s'était arrêtée devant leur porte, avant de s'allonger pour attendre sa maîtresse.

Prunelle avait dévalé l'escalier pour se précipiter à la cuisine. Roc, son père, et Levain, l'aîné de ses frères, y étaient attablés devant un petit-déjeuner copieux. Comme souvent, ils s'étaient tus à son approche. Ils évoquaient des affaires d'hommes, sans doute.

— Déjà levée ? avait ironisé Levain.

Inutile de lui répondre, il en profiterait pour la provoquer davantage.

Elle ne lui avait pas même accordé un regard, et s'était penchée au-dessus de la tête de son père pour nicher un baiser dans ses épais cheveux bouclés.

— Qu'as-tu au programme, ma Prunelle ?

Elle avait croqué dans une pomme avant de répondre.

— Une dizaine d'interventions, rue des Carcannes. Deux sorts de floraison sur des cerisiers, un sort d'embellissement pour la robe d'une mariée, un enchantement musical pour distraire une grand-mère, trois sorts de...

— Des urgences vitales, comme toujours ! l'avait interrompue Levain, narquois.

Du haut de ses vingt ans, il ne loupait jamais une occasion de souligner à quel point ses missions étaient plus importantes que celles de sa sœur. De lui rappeler qu'il était un sorcier Éclaireur, lui. Destiné à construire, réparer, guérir et secourir, ou même, en cas de nécessité absolue, à blesser ou tuer, à « Faire le mal pour un plus grand bien ». Bref, un champion de la magie forte.

Tout ça parce que Monsieur était né garçon !

Alors forcément, à ses yeux, Prunelle était quantité négligeable : une banale sorcerelle tout juste bonne à exercer la magie douce !

— Moi, j'essaie de rendre les gens heureux et de leur faciliter la vie, avait-elle rétorqué. C'est déjà pas mal et ce n'est pas si simple, crois-moi !

— Allez, sœurette, va jouer et laisse-nous tranquilles ! avait-il enchéri, ricanant.

Leur père avait levé ses larges mains en signe d'apaisement, mais Levain n'avait pas résisté au plaisir d'une dernière remarque.

— De mon côté, sache que ce matin je vais éradiquer les cas de fièvre sanglante signalés au sud de la ville...

Loin de saluer l'exploit, Prunelle avait haussé les épaules, souhaitant presque qu'il l'attrape, cette fièvre sanglante ! Puis, sa pomme au creux de la main, elle avait quitté la pièce d'un pas sec en marmonnant à peine un au revoir. Son père aurait pu prendre sa défense, tout de même !

Elle s'était arrêtée devant le miroir de l'entrée pour vérifier que sa mèche blanche était bien visible au milieu de sa tignasse brune. Elle avait mis de l'ordre dans sa tenue, toujours la même, une chemise confortable sur un ample pantalon, puis elle était sortie en refermant la porte un peu trop fort.

Aimée s'était levée aussitôt pour poser son museau sur l'épaule de la jeune fille, qui avait caressé longuement sa robe noire et soyeuse, barrée, comme il se doit, d'une unique trace blanche. Après ces quelques minutes de douceur nécessaire, Prunelle, à dos de licorne, s'était dirigée vers la rue des Carcannes, à l'autre bout de la ville.

Là, elle avait exécuté ses tâches avec plaisir, en distribuant sorts et charmes bienfaisants aux foyers qui en avaient fait la demande la veille, lorsqu'elle était passée avec Aimée, à pas lents, pour recueillir leurs souhaits.

Elle s'était ensuite rendue rue du Gargoulier, pour graver dans son esprit les requêtes de chacun et se préparer à les satisfaire le lendemain.

C'est ainsi qu'opéraient toutes les sorcerelles du comté de Tendreval, reconnaissables à leur mèche blanche : elles parcouraient jour après jour, rue après rue, chaque ville et chaque village pour le grand bien de tous.

Et ce n'est pas parce que Prunelle était la fille de Roc, le plus vénéré des sorciers, le chef incontesté du comté, qu'elle devait s'y soustraire. Bien au contraire, elle mettait un point d'honneur à être la plus exemplaire possible dans l'exercice de la magie douce.

D'autant qu'elle savait que nombre de ses semblables, jalouses des hautes fonctions de son père, ne lui passeraient aucune erreur. Alors elle les fréquentait peu, mais cela n'avait pas d'importance. Elle avait en Nuée, la fille des pâtissiers du *Chou doré*, la meilleure des amies !

De retour peu avant midi, après avoir cajolé Aimée, elle lui avait murmuré à l'oreille « À tout à l'heure, ma belle » et la licorne avait aussitôt disparu pour un lieu connu d'elle seule.

Enfin, la faim au ventre, Prunelle avait de nouveau franchi le seuil de la maison.

Voilà comment s'était déroulée cette matinée, sans évènement particulier, jusqu'à ce que dans sa chambre, peu avant midi et demi, elle commette l'irréparable.

2

Assise à son bureau, Prunelle avait noté les demandes de la rue du Gargoulier dans son journal de bord, pour être sûre de n'en oublier aucune.

Elle en avait compté douze, dont un sort de recherche de vieux souvenirs pour un homme âgé, difficile à réaliser. Beaucoup de travail en perspective, il faudrait qu'elle se lève plus tôt demain... Cela lui éviterait peut-être les remarques déplaisantes de Levain !

Ensuite, elle avait rêvé un peu, le nez en l'air. Elle songeait à Roseau, son second frère, qui lui manquait terriblement. Il avait quitté la maison en pleine nuit, un mois plus tôt, au lendemain de ses quinze ans, mis à la porte par leur père après une terrible dispute. Elle en ignorait le motif car

Roc avait rendu leurs paroles inaudibles, mais les murs du salon avaient tremblé sous l'effet de leur colère. Tremblé si fort que deux tableaux étaient tombés par terre !

Roseau n'avait pas réapparu, et il ne faisait pas bon évoquer le sujet à la maison, sous peine de contrarier Roc qui se murait alors dans un épais silence.

Mais Prunelle pensait souvent à son frère, son absence lui pesait.

Ils n'avaient que quatorze mois d'écart et ils avaient toujours été proches, sauf ces derniers temps. Peu à peu, sans raison apparente, le jeune homme s'était renfermé sur lui-même, sans qu'elle sache pourquoi. Il lui parlait moins, ne se confiait pas et ne riait plus. Elle avait cru que cela lui passerait, mais non.

Et maintenant, il n'était plus là…

Elle avait secoué la tête pour ne plus y penser et s'était levée pour regarder dehors. Leur maison, plantée sur les hauteurs d'Osticoul, lui offrait une vue très distrayante : des bateaux sur la rivière, des gens qui se promenaient, d'autres qui se pressaient, à pied ou à cheval, des sorcerelles à dos de biche ou de licorne, des sorciers Éclaireurs affairés – un accidenté à guérir en urgence, des querelleurs à immobiliser –, des enfants qui jouaient, des connaissances qui la saluaient de loin… Elle pouvait rester une heure, parfois, à sa fenêtre, sans voir le temps passer.

Mais soudain, accoudée à la balustrade, elle s'était crispée.

Sur sa droite, au bout de la ruelle tranquille qui bordait la maison, une grande jeune fille rousse marchait à vive allure. Elle faisait avancer son petit frère, juste devant elle, à force de tapes sur le crâne et de coups de pied dans le derrière. L'enfant pleurait, trébuchait presque à chaque pas, et sa sœur le frappait de nouveau.

La colère s'était emparée de Prunelle. Comment pouvait-on traiter un enfant ainsi ? Elle avait aussitôt senti son sang se faire plus vif et une chaleur inconnue la parcourir tout entière. Dans son esprit, les mots « châtiment identique » avaient clignoté en lettres de feu. Alors sans réfléchir, sans même le vouloir, Prunelle s'était penchée davantage à sa fenêtre, son regard vert droit sur la grande rousse, et elle avait chuchoté : « Châtiment identique ! » avec rage.

Aussitôt, dans la rue, la brute avait battu des bras en vain, incapable d'éviter les coups qu'elle recevait à son tour. Les mêmes, en pire, que ceux qu'elle avait assenés au petit garçon. Prunelle avait assisté à ce spectacle avec jubilation, vibrant à chaque cri douloureux de la jeune fille. Celle-ci, après cinq minutes d'un combat perdu d'avance contre l'ennemi invisible, s'était écroulée au sol, son petit frère affolé à genoux à côté d'elle. Puis, elle s'était redressée en gémissant, cherchant du regard d'où venait l'assaut.

Alors Prunelle, pantelante, s'était reculée pour se plaquer dos au mur de sa chambre.

— Mais qu'est-ce qui vient de se passer ? Qu'est-ce que je viens de faire ? s'était-elle répété plusieurs fois à voix basse, effarée.

Maintenant qu'elle avait un peu récupéré, elle y voyait plus clair.

Ce qu'elle venait de faire ? Oh, la réponse était simple : elle venait de jeter un sort de magie forte !

La magie des hommes, des sorciers Éclaireurs.

Celle qui permettait de construire, réparer, guérir et secourir. Et de punir, en cas de nécessité…

Celle interdite aux sorcerelles, qui manquaient trop de discernement pour en user à bon escient et efficacité.

Celle que Prunelle se croyait jusque-là incapable d'exercer.

Et surtout celle au sujet de laquelle Roc, son père, avait imposé une bonne dizaine d'années plus tôt une loi connue de tous : « Toute sorcerelle qui pratique la magie forte sera emmurée pendant un an, privée de ses pouvoirs et de tout contact. À l'issue de cette peine, si la condamnée récidive, la magie lui sera définitivement retirée et elle sera bannie du comté. »

En résumé, elle venait de commettre un crime passible d'une horrible peine. Et elle ne pouvait pas prétendre ignorer la loi : elle était placardée partout, en ville et dans les campagnes, même dans les bourgades les plus reculées du comté de Tendreval.

Prunelle se laissa glisser le long du mur, frissonnante.

Dans quelques minutes, son père l'appellerait pour le déjeuner. D'un seul coup d'œil au visage de sa fille, il comprendrait ce qui s'était passé, elle en était sûre. Il savait lire en elle depuis toujours, deviner sa joie, sa tristesse, sa colère ou sa fatigue. Découvrir qu'elle venait d'expérimenter la magie des hommes serait un jeu d'enfant pour lui. Et un terrible choc !

Elle serait châtiée, immédiatement.

Elle aurait beau jurer qu'elle ne l'avait pas fait exprès, que la magie forte s'était emparée d'elle sans prévenir, qu'elle ne recommencerait jamais, il ne l'écouterait pas. Elle n'échapperait pas à la loi sous prétexte qu'elle était sa fille, bien au contraire : elle servirait d'exemple. Il en aurait le cœur brisé, mais il ne plierait pas. Roc plaçait l'honneur avant tout.

Elle serait emmurée dans l'une de ces sinistres cellules en torchis qui défiguraient le paysage, à la sortie nord de la ville. Là, elle serait privée de ses proches, de sa magie douce, et aussi de sa chère licorne.

À cette pensée, Prunelle eut les larmes aux yeux.

C'était si injuste…

Elle n'avait rien fait pour provoquer cette situation, la magie forte l'avait prise par surprise et submergée si vite ! D'ailleurs, elle n'aurait jamais pensé être capable d'agir ainsi, elle, une simple sorcerelle. Même pas dans ses rêves ! Elle avait toujours cru que la magie forte demandait un apprentissage des plus difficiles, hors de sa portée.

Bien sûr, elle enviait parfois les Éclaireurs, si puissants, admirés, respectés, mais son propre rôle, tout en douceur, tourné vers le bonheur des autres, lui convenait. Enfin, plus exactement, il ne lui déplaisait pas.

Et jusqu'à cet instant si particulier, elle n'avait jamais fait preuve de violence.

Un bref sourire, un peu coupable, se dessina sur ses lèvres.

Pour être honnête, elle devait bien avouer qu'elle avait aimé lancer ce « châtiment identique ». Pendant quelques secondes, portée par une énergie décuplée, elle avait ressenti une excitation folle, un pur plaisir ! Rien de comparable à ce qu'elle éprouvait en pratiquant la magie douce. Oui, elle avait vraiment adoré cette sensation nouvelle !

Et ça aussi, elle le craignait, son père s'en rendrait compte.

Perdue dans ses pensées, elle sursauta lorsqu'il hurla :

— À table !

Elle se leva, et gagna la porte de sa chambre d'un pas lent contraire à ses habitudes.

Puis elle s'arma de courage et rejoignit Roc et Levain dans la cuisine.

3

Roc, le plus doué des sorciers Éclaireurs, était aussi un fin cuisinier. Il préparait tous les repas de la famille avec talent. Et sans magie, il y tenait beaucoup ! Pour lui et ses semblables, elle ne devait intervenir qu'en cas de besoin, règle qu'il respectait à la lettre.

L'odeur délicate qui s'échappait de la marmite sur la table offrit un peu de réconfort à Prunelle, qui s'assit sans oser lever les yeux sur son père.

Levain soupira d'aise et se servit une pleine assiette d'un ragoût d'agneau à la sauge. Sa sœur l'imita mais faillit renverser le contenu de la louche sur la table quand son père s'exclama :

— Alors, votre matinée ?

Levain leva fièrement le menton.

— Ça n'a pas été facile, mais j'ai anéanti la fièvre sanglante, un beau petit sort d'extinction, paf, terminé !

— Félicitations, mon fils. Je t'aurais volontiers aidé, mais comme tu le sais, la maladie et moi, ça fait deux. Je n'y peux rien, c'est comme ça... À chacun ses faiblesses !

Il lui posa ensuite deux ou trois questions, mais Prunelle n'écoutait pas. Le nez sur son ragoût, elle grignotait sans appétit, la gorge trop serrée pour apprécier le moelleux de la viande.

— Et toi, ma fille ?

Le moment tant redouté était venu. Elle leva vers lui son visage défait et balbutia :

— Je... Je n'ai... Les cerisiers ont fleuri, comme... comme je l'espérais, et tout le reste s'est bien passé aussi.

Son frère émit un *tss-tss* moqueur auquel elle ne prit pas garde, troublée par l'expression inquiète qui s'affichait sur le visage de son père.

— Qu'est-ce qui t'arrive, il n'est pas bon mon ragoût ? Tu ne manges rien !

Elle secoua la tête, prise au dépourvu. Ce n'était pas du tout la réaction à laquelle elle s'attendait.

— Je ne sais pas, je suis un peu fatiguée, c'est tout.

— La magie douce, ça épuise, c'est bien connu, lança Levain.

— Laisse-la donc tranquille, s'agaça Roc. Prunelle, tu as presque quatorze ans, tu es en pleine croissance, ce n'est pas le moment de chipoter ! Il y a quelque chose qui te tracasse ?

— Non, non, vraiment pas, je t'assure, se défendit-elle.

Incroyable, il ne s'était rendu compte de rien... Quel soulagement ! Pour la peine, elle s'offrit une seconde tournée de ragoût.

Mais quand Roc posa sur la table un saladier de compote de rhubarbe au gingembre, le dessert préféré de sa fille, elle se sentit rougir. Le pauvre, il s'efforçait de lui faire plaisir, et voilà comment elle le remerciait, en lui cachant son crime !

Devait-elle lui dire la vérité, par honnêteté ? Jusqu'à ce jour, elle ne lui avait jamais menti, elle l'aimait trop pour cela. Oui, mais... si elle se confessait, sa vie serait gâchée, définitivement, et elle deviendrait la honte de la famille !

Alors ne valait-il pas mieux garder pour elle son secret, et se jurer de ne jamais laisser la magie forte l'emporter de nouveau ?

Incapable de se décider, elle se leva pour débarrasser le couvert.

Au même instant, alors qu'il versait à chacun le verre de sirop de romarin épicé qui clôturait presque tous leurs repas, Roc lança d'une voix soucieuse :

— Je ne voulais pas ruiner notre déjeuner avec ça, toutefois... j'ai quelque chose de déplaisant à annoncer.

Prunelle écarquilla les yeux et manqua lâcher les assiettes qu'elle tenait entre ses mains. Elle les posa avec précaution et revint s'asseoir, le cœur serré.

Mais si, il savait ! Bien sûr qu'il savait ! Comment avait-elle pu imaginer le contraire ? Il avait juste attendu le bon moment pour en parler, c'est tout.

Levain la désigna du menton.

— Attends qu'elle quitte la pièce, lâcha-t-il sur le ton de l'évidence, comme si sa sœur n'était qu'une enfant devant qui on ne pouvait aborder aucun sujet sérieux.

Leur père balaya ce conseil d'un geste.

— Elle doit entendre ce que j'ai à dire.

Évidemment.

Tête baissée, Prunelle poussa le long soupir de la défaite, prête à recevoir la sentence.

Roc les fixa longuement du regard, avant de s'expliquer enfin.

— On vient de m'avertir que les Obscurs sont aux portes de Tendreval, à l'est, plus précisément. Des hommes et des animaux ont péri dans plusieurs villages, tués de façon sauvage et inexpliquée, les champs sont dévastés, un ruisseau ensorcelé empoisonne ceux qui le regardent...

Levain tapa du poing sur la table.

— Ils se croient tout permis, rugit-il. Ils usent et abusent de la magie noire, librement, sans personne pour les en empêcher ! Ah, tuer, torturer, semer la terreur, c'est facile, hein ? Il faudrait leur rendre la pareille ! Moi aussi, parfois, j'aimerais avoir le droit de...

Roc l'interrompit sèchement.

— Ça suffit, à t'entendre on croirait que tu les envies. Tu ne veux quand même pas rejoindre leurs rangs ?

Levain, presque aussi rouge que la nappe, fit de grands gestes de dénégation.

— Non, bien sûr que non !

— Encore heureux, rétorqua Roc. Je pars là-bas tout à l'heure avec tous les Éclaireurs d'Osticoul, tu en es évidemment. Nous devons couper ces monstres dans leur élan.

Il se tourna vers Prunelle.

— Notre départ va se faire cruellement sentir, tu t'en doutes. Sans nous, beaucoup d'urgences ne pourront plus être traitées... Les sorcerelles n'y remédieront pas, bien sûr, mais vous devrez redoubler d'efforts pour adoucir la vie de tout le monde, travailler l'après-midi aussi, par exemple. Et je compte sur toi pour tenir la maison au mieux.

La jeune fille acquiesça machinalement, sous le choc.

Les Obscurs, si proches, c'était grave. Non, pire que ça, effrayant.

Sans y avoir jamais été confrontée, elle savait de quoi ces sorciers malfaisants étaient capables. Partout où ils passaient, ils semaient folie et destruction, avec toujours le même objectif, prendre le pouvoir. Jusque-là, ils se tenaient loin, se contentant de régner en maîtres dans le comté de Posalidon, près de l'océan, ou dans les plaines arides de Malvadie. On les disait aussi cachés dans le comté d'Élanvert, à l'ouest, séparé de Tendreval par de hautes montagnes. Et voilà qu'ils s'en prenaient à leur paisible territoire...

Rien d'étonnant, au fond, car ils prétendaient que Tendreval était le berceau du premier d'entre eux, Nectar. Alors tôt ou tard, ils feraient tout leur possible pour en chasser Roc et prendre sa place.

Prunelle secoua la tête pour dissiper ses craintes. Son père saurait repousser ces monstres. Et il avait raison : sans les Éclaireurs pour régler les problèmes majeurs et assurer la sécurité de chacun, les sorcerelles seraient très sollicitées. Les demandes pleuvraient, les gens voudraient toujours plus de réconfort, de douceur et de beauté en attendant le retour de Roc et ses hommes.

La conclusion lui sauta aux yeux : ce n'était pas le moment d'avouer sa faute et de se faire emmurer, Roc était déjà assez préoccupé comme ça !

Prunelle sentit la tension qui l'oppressait se relâcher. Pour la confession, elle verrait plus tard.

Un brutal coup de coude de Levain la ramena à l'instant présent.

— Allez, sœurette, descends de ton petit nuage et avoue que je vais te manquer !

Elle lâcha un « oui, un peu » mensonger auquel il ne prêta aucune attention.

Non seulement il ne lui manquerait pas, mais son départ la soulagerait. Son mépris affiché, ses moqueries incessantes et sa cruauté, parfois, rendaient la cohabitation pénible.

Tandis que les deux hommes discutaient tactique à voix basse, elle rangea la cuisine en vitesse, pressée de retrouver son amie Nuée.

Elle lui confierait ce qui lui était arrivé ce matin, lui demanderait conseil.

Nuée n'était pas sorcerelle et ne la jugerait pas.

4

Nuée vivait de l'autre côté de la rivière, au-dessus du *Chou doré*, la boutique de ses parents, pâtissiers de grand renom.

Aimée y conduisit paisiblement Prunelle, qui lui chuchota des mots doux pendant tout le trajet, des « tu es la plus gracieuse », « ta robe brille de mille éclats au soleil », « que ta crinière est soyeuse »... L'animal adorait les compliments et répondait à chaque fois d'un léger ronronnement.

Parvenue à destination, les mains en porte-voix, Prunelle cria simplement : « Promenade ! »

Il fallut moins d'une minute à Nuée pour les rejoindre, vêtue d'une robe vert d'eau qui liait le confort à l'élégance, des fleurs roses piquées dans la couronne de ses cheveux blonds.

Elle se précipita vers la licorne pour lui plaquer un baiser sur le museau et la couvrir, à son tour, de compliments. Aimée en vrombit de plaisir, tandis que Prunelle s'écriait :

— Et moi, on ne me dit pas bonjour ?

Nuée éclata de rire, prit appui sur le muret qui bordait la rue pour enfourcher la monture et noua ses mains autour de la taille de Prunelle.

— Où va-t-on ? demanda-t-elle.

— Forêt de Cerfaon.

— Oh, c'est du sérieux, alors.

Prunelle hocha la tête.

Cerfaon était un lieu enchanté. Les secrets qu'on murmurait sous les branches de ses chênes y restaient enfermés, empêchant celle ou celui qui les recevait de les propager ensuite.

— C'est au sujet des Obscurs ? voulut savoir Nuée. Il paraît qu'ils sont là, à l'est.

— Non, rien à voir.

— De Cuir, alors ?

— Non plus. De toute façon j'ai cessé de m'intéresser à lui, il est comme Levain, il se prend trop au sérieux.

Après un court silence, Nuée tenta encore :

— Donne-moi au moins un indice.

— Non. Il y a trop d'oreilles curieuses dans les parages, des sorcerelles qui activent des sorts de perception au moindre prétexte.

Une fois à la sortie de la ville, sous la porte ouest, Prunelle tapota deux fois la fine corne d'Aimée. À ce signal, la licorne se fit un plaisir d'accélérer pour filer si vite qu'elle semblait voler. Pas besoin de lui indiquer leur destination, car elle devinait toujours, sans qu'un mot soit prononcé, où sa maîtresse voulait se rendre. Elle s'enfonça dans la campagne, le long de chemins discrets dont elle avait le secret et parvint bientôt à l'orée de la forêt de Cerfaon.

C'est ici, par exemple, que plusieurs mois auparavant Nuée avait confié à Prunelle son amour naissant pour Roseau et sa tristesse devant l'indifférence du garçon.

Ou que Prunelle avait avoué détester Aube, sa tante, sœur jumelle de Roc. Pendant longtemps celle-ci avait été sa professeure de magie, brusque et impatiente.

« Tu es sorcerelle, oui ou non ? Ce n'est quand même pas si compliqué ! grondait-elle souvent. Ton cerveau est doué de magie, il n'attend que des ordres clairs de ta part, bon sang, alors fais un minimum d'efforts ! »

Mais sa nièce avait beau s'appliquer, elle n'obtenait que de piètres résultats, comme si sa magie refusait de se plier aux ordres.

Lorsqu'à l'âge de dix ans Prunelle avait enfin atteint le niveau attendu, Aube avait juste lâché « Ce n'est pas trop tôt ! » du bout des lèvres. Fort heureusement, depuis, la jeune femme avait rencontré un Éclaireur de passage qui l'avait emmenée vivre avec lui dans un autre comté. Bon débarras.

Elles posèrent pied à terre et remercièrent Aimée à coups de baisers, de caresses et de petits morceaux de la brioche fondante que Nuée avait apportée dans un joli sac en tissu. La licorne leur lécha le bout des doigts, reconnaissante. Puis, sur un « Reviens quand je t'appellerai, ma beauté ! » prononcé par Prunelle, elle s'évapora sous leurs yeux.

— Je ne m'y ferai jamais, souffla Nuée, admirative.

Elles s'enfoncèrent sous les arbres, firent provision de glands à donner plus tard à Aimée, puis s'assirent sur un tapis moussu, au pied d'un vieux chêne.

— Allez, parle maintenant ! s'exclama Nuée, impatiente.

La gorge un peu serrée, Prunelle lui raconta son crime et son manque de courage pour l'avouer à son père.

Nuée avait beau ne pas être sorcerelle, elle comprit immédiatement la gravité de la situation. Elle lui passa un bras autour des épaules et murmura, atterrée :

— Il n'est pas question que tu disparaisses au fond d'un vieux cachot moisi ! Tu n'as pas l'intention de tout dire à Roc, si ?

— Je ne sais pas, répondit Prunelle, la gorge serrée. En me taisant je trahis sa confiance, cela me met très mal à l'aise. En plus, je suis sûre qu'un jour il devinera ce qui s'est produit, alors pourquoi garder le silence ?

Elle prit un petit morceau de brioche que Nuée lui tendait, avant d'ajouter :

— D'un autre côté, si je lui parle, je… je perds tout, tout de suite.

Son amie s'écarta et sauta sur ses pieds.

— Hors de question ! Tu vas le faire souffrir, tu vas souffrir aussi, aucun intérêt ! Attends donc qu'il découvre lui-même la vérité, d'autant que ça n'arrivera peut-être jamais.

Après un bref silence, elle demanda :

— La magie forte, c'était comment ?

— Oh c'était... incroyable ! Je me suis sentie efficace, puissante, vivante comme jamais ! Mais mon père a sans doute raison, les sorcerelles ne sont pas capables de maîtriser une telle magie, je suis allée trop loin. Cette pauvre rouquine s'en souviendra !

Nuée haussa les épaules.

— Normal, c'était un coup d'essai.

Puis l'air inspiré, elle ajouta :

— Puisque tu as aimé ça, franchement, si j'étais toi, je crois que je profiterais de la situation.

Prunelle fronça le nez.

— Comment ?

— Que tu pratiques la magie forte une fois ou cent fois, ta punition sera la même, exact ?

— Oui, mais...

— Alors fonce ! Cent fois plutôt qu'une ! Profite de l'absence de nos Éclaireurs pour guérir, réparer, construire ou secourir... sans te faire remarquer, bien sûr ! Et si vraiment tu ne peux pas t'en empêcher, dis la vérité à Roc à son retour. Mais à mon avis mieux vaudrait t'abstenir...

Emportée par sa volonté de convaincre, les joues rouges d'excitation, Nuée poursuivit :

— La loi de ton père est idiote, de toute façon. J'adore Roc, mais là, non ! Au nom de quoi les sorcerelles ne pourraient pas pratiquer la magie forte ? Elles en sont capables, tu en es la preuve, tu manques juste d'expérience, c'est tout. Et d'abord, pourquoi les filles sont nommées sorcerelles, comme si vous étiez des sous-sorcières ? C'est ridicule ! Vous devriez vous appeler Éclaireuses !

Puis, plus grave soudain, elle insista :

— Ne lui avoue rien, je t'en prie. Avec un peu de chance, il ne découvrira pas ce que tu as fait.

Les sourcils légèrement froncés, Prunelle resta silencieuse, tiraillée entre sa loyauté pour son père et les arguments de Nuée, tentants.

— Regarde, chuchota-t-elle soudain.

Un cerf se tenait à une dizaine de mètres à peine, la tête tournée dans leur direction, le corps en partie masqué par les basses branches d'un imposant châtaignier. L'animal préféré de son père, justement.

Il lui semblait que la bête l'observait, majestueuse, pas farouche, la tête haute comme si elle lui lançait un défi. Ou comme si elle lui donnait son accord.

À cet instant précis, parcourue d'un frisson, Prunelle décida d'appliquer le conseil de son amie.

Plutôt cent fois qu'une, puisque le mal était déjà fait !

5

Lorsqu'Aimée vint les chercher, elle mit deux genoux à terre et pencha la tête jusqu'à ce que sa corne effleure le sol. Alors Prunelle, émue, se baissa à son tour pour embrasser l'animal tendrement.

— Heu… qu'est-ce que vous faites ? voulut savoir Nuée, les yeux écarquillés.

— Quand elle est fière de moi, elle s'incline.

— Elle lit dans tes pensées ?

— Je ne sais pas… on se devine l'une l'autre, plutôt. C'est mystérieux.

— C'est fantastique !

Prunelle sourit.

Oui, ça l'était.

Sur le chemin du retour, la jeune fille resta silencieuse, se contentant d'acquiescer aux bavardages de son amie.

Elle réfléchissait.

Il fallait qu'elle s'entraîne, de manière à ne plus se laisser submerger par la magie forte, mais à la dompter au mieux. Et plus question de punir qui que ce soit, d'ailleurs la plupart des Éclaireurs ne le faisaient qu'avec réticence, quand la situation les y contraignait. Pendant ces quelques jours, elle se consacrerait à construire, réparer, guérir ou secourir, ce serait déjà… magique !

La maison de Nuée était le lieu parfait pour s'exercer. Enfant chérie de ses parents, elle disposait entièrement du second étage, chambre, salle de bains et salon coquet et confortable.

Sans oublier les boîtes de biscuits ou de chocolats maison…

Nuée se laissa tomber sur le canapé bleu et argent.

— Par quoi vas-tu commencer ?

— Je ne sais pas, tout me tente ! s'exclama Prunelle. Guérir, peut-être.

Puis elle compléta, perplexe :

— Mais guérir qui ?

Son amie lui offrit un large sourire et se tapota la joue.

— Moi. J'ai mal à une dent depuis quelques jours, et je veux bien te servir de cobaye !

— Tu es sûre ? Je ne sais pas si c'est très prudent...
— Ne fais pas de manières, vas-y, essaie !
Prunelle se releva du fauteuil moelleux où elle s'était installée.
— Garde la bouche ouverte, le doigt sur ta dent gâtée, ordonna-t-elle.
En face de la « malade », les pieds bien à plat, les jambes légèrement écartées, les bras le long du corps, elle inspira à fond et expira très lentement, plusieurs fois.
Depuis qu'elle avait terminé son apprentissage, la magie douce lui venait d'instinct, mais là, c'était différent. Elle décida de mettre en œuvre la méthode qu'Aube avait eu tant de mal à lui inculquer à ses débuts. Si elle était valable pour la magie douce, elle le serait peut-être aussi pour la magie forte.
Pour cela il lui fallait faire le vide total, les yeux fermés. Aucune pensée, aucune émotion ne devaient la traverser, pour que la magie trouve sa place.
Plusieurs minutes s'écoulèrent avant que jaillisse en elle une étincelle, comme une bougie qui s'allume soudain. Elle dut ensuite en régler la flamme, ni trop grande, ni trop petite, pour marier efficacité et contrôle.
Elle entendit Nuée, impatiente, souffler et taper du pied nerveusement. Sans se laisser déstabiliser, Prunelle passa à l'étape suivante. Visualiser mentalement sa cible, et rien que sa cible : la dent abîmée de Nuée.
Et enfin, choisir les mots justes pour son sort de guérison.

Elle sentit son corps gagner en chaleur, surtout son cou, puis elle ouvrit les yeux, fixa la bouche ouverte de son amie et chuchota, presque inaudible :

— Dent comme neuve.

Après quelques secondes, Nuée secoua la tête avec une moue désolée.

— Aucun changement.

Prunelle accusa le coup.

Peut-être que sa réussite du matin n'était qu'un accident.

Peut-être qu'elle était incapable de magie forte.

Peut-être que...

— Recommence ! lui intima Nuée.

Prunelle s'exécuta, toute son énergie tendue vers un seul objectif : une magnifique molaire pour son amie. Cette fois, elle traça le sort dans son esprit en lettres de couleur feu, comme son « châtiment identique » du matin. Elle fut aussitôt envahie par une joie sans pareille, qui la fit frissonner.

Nuée sursauta, portant une main surprise à son visage.

— C'est bon, j'ai senti une sorte de déclic ! s'écria-t-elle. Ça a marché, ma dent est... comme neuve ! Un peu plus petite qu'avant, c'est tout.

Prunelle sauta de joie avant de s'écrouler dans le fauteuil juste derrière elle. Elle poussa le long soupir satisfait qui succède à un effort couronné de succès, et nota de toujours tracer ses sorts en lettres de feu.

— Je savais que tu y arriverais ! s'exclama Nuée en lui tendant une boîte de chocolats.

Prunelle ne se fit pas prier et croqua dans un délicieux praliné parfumé au fenouil.

— Dis, est-ce qu'on peut lire sur mon visage que j'ai pratiqué la magie forte ? s'inquiéta-t-elle après quelques secondes.

Nuée la scruta un instant, avant d'écarquiller des yeux horrifiés.

— Oh oui… Tu as des gros boutons qui sortent… sur le front, le nez, le menton… Il y en a quatre, non, cinq, six maintenant…

Prunelle, affolée, se palpa le visage et s'arrêta net quand son amie explosa de rire.

— Mais non, ne t'inquiète pas ! Tu as toujours la même tête, les mêmes yeux follement verts, les mêmes cheveux bruns en bataille, et une peau parfaite.

Deux heures plus tard, fourbue mais heureuse, Prunelle rentra chez elle sur le dos de sa chère Aimée. Elle avait réussi à la suite deux sorts de réparation – le miroir fendu de la salle de bains de Nuée, la fuite du robinet de la baignoire – et un sort de construction – une mangeoire pour les mésanges qui toquaient du bec à la fenêtre. Des sorts modestes, mais qui l'avaient comblée. À chaque fois elle s'était sentie entière, utile, à sa place. La magie douce ne lui avait jamais procuré un tel bien-être !

Quand elle mit pied à terre devant chez elle, une fatigue folle s'abattit sur elle. Elle entoura le cou de la licorne d'un bras paresseux et lui murmura :

— Tu entres avec moi ?

Les occasions étaient rares car Levain ne supportait pas la présence de l'animal. Aimée hennit doucement et passa en un clin d'œil de la taille d'une fière jument à celle d'un bon gros chien. Pour le plus grand plaisir de sa maîtresse, elle pouvait même se transformer en licorne de poche, si les circonstances le nécessitaient.

Dans l'entrée, Prunelle découvrit une succession de petits nuages moutonneux, d'un blanc parfait, qui formaient une phrase à son intention :

Ma fille chérie, tu me connais, jamais d'au revoir... Nous serons de retour dans une semaine au plus tard, couronnés de succès. D'ici là, travaille au mieux, prends soin de toi et de notre maison ! Je t'embrasse fort !

Le gentil message disparut aussitôt lu.

Prunelle éprouva un petit pincement au cœur, qu'elle chassa d'un mouvement de tête avant de suivre Aimée qui s'aventurait déjà dans la cuisine.

Une fois restaurée, elle monta dans sa chambre, sa compagne sur les talons.

Elle avait une seule envie : dormir, la licorne pelotonnée à ses pieds.

Et ne pas songer aux nuages, noirs cette fois, qui risquaient de s'amonceler au-dessus d'elle quand son père rentrerait.

6

Les jours suivants, Prunelle s'en donna à cœur joie, avec discrétion, toujours !

Bien sûr, elle satisfaisait les nombreuses demandes de magie douce : pétales de rose tombés du ciel pour un anniversaire ; façades teintées de bleu clair pour égayer une sombre impasse ; nuits tranquilles pour les parents de nourrissons ; belle rencontre pour un homme esseulé ; abricotier croulant soudain sous les fruits juteux ou nouvelles amies pour une petite fille timide... Chaque jour la liste était longue. La population redoutait l'arrivée des Obscurs et voulait faire provision de bonheur.

Les sorcerelles étaient donc toutes très affairées. Contrairement à leur habitude, elles ne prenaient même pas le temps de discuter lorsqu'elles se croisaient. Cela arrangeait bien Prunelle ! Elle craignait que, la magie aidant, ses consœurs devinent à quoi elle se livrait en cachette.

Elle profitait de chaque occasion pour construire, réparer, guérir ou secourir. Oh, rien de spectaculaire, forcément. Ses réalisations devaient passer inaperçues, ou presque. Dommage ! Elle aurait adoré lancer à ses semblables : « Les filles, regardez cette magnifique demeure, c'est moi qui viens de la bâtir ! Et si j'en suis capable, peut-être que vous aussi ! »

En matière de guérison, elle se spécialisa dans les maux de dents, les dos douloureux, les bébés agités, les rhumes ou les migraines qu'elle détectait en parcourant la ville. Il lui suffisait pour cela d'observer les visages las, marqués par la douleur ou la fatigue. Ensuite elle murmurait son sort si bas qu'elle seule pouvait l'entendre et elle passait son chemin sans attirer l'attention.

Pour les réparations, elle se concentra sur les pavés branlants, les tuiles manquantes, les fissures le long des murs, sous le lierre…

Sans en avoir l'air, elle secourut aussi deux jeunes gens poursuivis par une nuée de guêpes en colère.

Quant aux constructions, elle s'en autorisa une seule, à l'écart de la ville.

En fin d'après-midi, Aimée à ses côtés, Prunelle se planta face à un petit bras de rivière qui séparait des champs en friche. L'endroit, nommé la

Giboulette, était peu fréquenté, sauf par les animaux qui appréciaient son état sauvage.

À part deux lapins bondissants suivis d'un ragondin paresseux, personne en vue, c'était parfait.

Les yeux fermés, elle mobilisa toute sa force intérieure pour réaliser le plus bel ouvrage qui soit : une passerelle au-dessus de l'eau, pour relier les gens, relier les lieux ! Vibrante d'énergie, elle choisit les mots qui lui convenaient, « un lien entre deux rives ». Muette, concentrée, elle fixa avec ardeur le cours d'eau jusqu'à ce que son sort se concrétise.

Puis elle sourit, le cœur inondé de plaisir.

Sa passerelle était là, légère, élégante et solide.

Nul ne la verrait avant longtemps, nul ne saurait qu'elle en était la créatrice, regretta-t-elle. Mais elle existait, pour toujours, grâce à elle !

La licorne hennit doucement et coula un regard très doux vers sa maîtresse, comme pour l'inviter à faire la première traversée.

Excellente idée.

Elles parcoururent la passerelle au moins dix fois, lentement, pour déguster l'instant, avant de s'en retourner à Osticoul.

En chemin, Prunelle repensa à toutes ces personnes qui lui avaient demandé, ce jour-là encore, quand rentreraient Roc et ses hommes. Elles s'inquiétaient, car si tous et toutes savaient affronter les difficultés du quotidien, seuls les Éclaireurs pouvaient, en un clin d'œil, éteindre un incendie, stopper un mari violent ou anéantir une fièvre trop forte. Prunelle aurait adoré leur proposer son aide, au lieu de répondre : « Dans trois ou quatre jours, je pense. »

Elle soupira tristement.

Il lui restait peu de temps pour exercer ses nouveaux talents, avant de devoir y renoncer.

Sans prévenir, la colère succéda à l'abattement.

C'était absurde !

Injustifié !

Ridicule !

Elle était apte à exercer la magie forte aussi bien que n'importe quel Éclaireur, pourquoi l'en empêcher ? Pourquoi cette loi stupide ? Et pourquoi se sentait-elle à ce point obligée d'avouer ses actes à son père ? Ah si seulement elle parvenait à se taire...

Elle se redressa soudain, traversée par une excellente idée, qui lui permettrait peut-être de renverser l'obstacle !

Dans sa hâte de savoir ce qu'en penserait Nuée, elle tapota deux fois la corne d'Aimée, qui accéléra avec un plaisir évident.

La jeune fille, vêtue d'une belle robe gris perle rehaussée de rubans verts, était en train de lire, allongée sur son canapé.

Sans même toquer à la porte, Prunelle entra d'un pas décidé.

— Je ne vais rien avouer à mon père, déclara-t-elle, l'excitation dans la voix.

Nuée se redressa brusquement.

— Bien parlé !

— Je vais faire beaucoup mieux que ça : je vais lui annoncer que je pratique la magie forte depuis plusieurs jours, avec succès. Je lui énumérerai mes réalisations, il comprendra que ce n'est pas une faute, mais un bienfait pour tous. Je pense même qu'il sera fier de moi !

Son amie la dévisagea, interdite, bien pâle soudain.

— Tu t'imagines réellement le faire changer d'avis ?

Prunelle acquiesça, enthousiaste.

— Et le convaincre d'abolir cette loi ! D'autres sorcerelles en profiteront. Je suis sa fille, il m'écoutera, il résistera peut-être, on discutera... Il nous a élevés seul, il est à la fois notre père et notre mère, notre lien est indestructible. Il ne peut pas me faire emmurer, ça me paraît évident, maintenant.

Nuée se dirigea vers sa fenêtre. Dos tourné, elle murmura :

— C'est fou ce que tu ressembles à Roseau.

— Qu'est-ce qu'il vient faire dans cette histoire ?

La jeune fille lui fit de nouveau face.

— Lui aussi, il pensait convaincre Roc, le faire changer d'avis.

Prunelle haussa les sourcils, intriguée.

— Tu l'as vu avant son départ ? Tu sais pourquoi ils se sont disputés ?

— Il est passé à la maison, me dire adieu. Et il s'est fâché avec ton père pour la même raison que toi.

— Quoi ? Qu'est-ce que tu racontes ?

Nuée vint s'agenouiller à côté d'elle.

— Ton frère aime pratiquer la magie douce, celle des sorcerelles, et il y excelle. Il s'y adonne depuis plusieurs mois, en cachette, en exigeant le secret des personnes qui en bénéficient.

— Tu en es sûre ? Pourquoi ne m'en a-t-il jamais parlé ? Nous étions proches, pourtant.

— Il craignait que tu te sentes obligée de prendre parti, pour votre père ou pour lui, et il a préféré t'épargner ça.

Prunelle resta silencieuse un moment, stupéfaite de n'avoir rien deviné au sujet de Roseau.

— Comment se fait-il qu'il se soit confié à toi ? Je croyais que vous n'étiez pas... enfin qu'il ne t'...

Nuée la coupa d'un geste de la main.

— Nous sommes amis, c'est tout.

À son tour elle se tut quelques secondes, avant de donner plus d'explications.

— Ton père a toujours trouvé que Roseau ne travaillait pas assez sa magie forte, ils se sont souvent querellés à ce sujet, tu le sais bien. Lorsque Roc a appris que son fils se livrait à la magie douce, il est devenu comme fou ! Il a ordonné à Roseau de renoncer ou de quitter votre maison, immédiatement, sans même vous dire adieu, à Levain et toi.

Prunelle avait les larmes aux yeux.

Comment son père, si bon, si sage, si responsable, avait-il pu se montrer à ce point intolérant et inflexible ?

Elle n'imaginait que trop bien ce que Roseau avait dû ressentir, lui qui était si attaché à sa famille. Elle se sentait coupable, aussi, de ne pas avoir pu deviner ses tourments, pour le réconforter et le soutenir.

— Tu sais... tu sais où il est allé ? balbutia-t-elle.

Nuée secoua la tête, émue.

— Je crois qu'il a quitté le comté, pour vivre plus librement ailleurs.

Elle prit entre ses mains celles de son amie.

— Alors ne dis rien à ton père, ne cours pas audevant du danger, je t'en supplie !

Prunelle se leva doucement.

— J'ai encore quelques jours pour y penser.

Mais quand elle quitta les lieux peu après, elle savait qu'elle ne reviendrait pas sur sa décision. La magie forte était entrée dans sa vie pour le meilleur, elle devait tout risquer pour préserver cette chance. Comme Roseau, elle ferait preuve de courage et tenterait de persuader son père, de lui ouvrir l'esprit. Et elle y arriverait ! Roc s'était toujours montré compréhensif et indulgent avec elle, plus qu'avec ses frères, peut-être parce qu'elle était sa seule fille.

Lors de son difficile apprentissage de la magie douce, par exemple, il ne s'était jamais impatienté, ne l'avait pas critiquée, au contraire, il l'avait encouragée, lui avait remonté le moral. Ou quand elle s'était crue amoureuse de Cuir, qu'il ne portait pas dans son cœur, le ton avait un peu monté, mais il avait respecté son choix, sans chercher à l'influencer.

Alors cette fois encore, même si la discussion s'annonçait houleuse, il finirait par se ranger à ses arguments. Il la laisserait suivre son chemin, il l'aimait trop pour qu'il en soit autrement !

Et si malgré tout il se braquait, la menaçait de l'emmurer, Prunelle claquerait la porte et s'enfuirait, vite et loin, sur le dos d'Aimée. Elle se réfugierait dans l'un des comtés où la magie était libre pour tous. Elle secoua la tête, confiante. Rien de tout cela ne serait nécessaire !

Tout au long du trajet du retour, elle trouva sa licorne nerveuse, loin de son calme habituel. Malgré les mots doux et les caresses, l'animal renâclait, se cabrait même.

Juste avant d'arriver, Prunelle repéra un jeune homme coiffé d'un béret vert, qui chantonnait en marchant dans sa direction. Elle l'avait déjà croisé à plusieurs reprises les jours précédents, sans doute un nouveau voisin. Elle le salua d'un geste de la tête, tandis qu'Aimée faisait des siennes, en exécutant d'inutiles pas de côté.

Lorsqu'elles parvinrent enfin devant chez elle, la jeune fille comprit immédiatement ce qu'Aimée avait pressenti. Par la fenêtre, elle aperçut une vigoureuse flambée dans la cheminée.

Roc et Levain étaient déjà de retour.

7

Les yeux clos, Prunelle pressa longuement son visage contre la tête de sa licorne, pour y puiser des forces, puis elle s'en détacha à regret. Aimée plongea son regard si doux dans le sien, lui lécha les doigts et se volatilisa.

La jeune fille aspira une profonde goulée de l'air frais du soir et posa la main sur la poignée de la porte, avant de s'immobiliser. Elle ne se sentait plus si confiante, soudain. Mais elle songea au cerf, l'autre jour, dans la forêt. Si fier, si digne, comme si rien ni personne ne pouvait l'abattre. Un exemple ! Alors le courage lui revint et elle pénétra d'un pas sûr dans la maison.

À peine entrée, elle entendit :

— Eh, qui voilà ?

Bardé de son vieux tablier de cuisine, les bras grands ouverts, Roc s'avança vers elle.

Elle répondit à son étreinte, mais fut la première à s'en détacher pour gagner la cuisine, où une imposante marmite mijotait déjà.

— Pommes de terre au lard et fromage fondu, ça te va ?

Elle acquiesça tandis qu'il s'approchait d'elle. Levain n'était pas dans les parages, il fallait qu'elle parle, tout de suite, avant qu'il les rejoigne. Elle prit sa respiration, ouvrit la bouche, mais Roc la devança.

— Alors, tu ne me demandes pas comment ça s'est passé ? s'étonna-t-il, en laissant choir son imposante carcasse sur une chaise.

— Oh... Si, si, bien sûr... balbutia-t-elle en prenant place en face de lui. Tu as l'air en forme, Levain aussi je suppose ?

— Oui, il a fait un détour pour raccompagner Ruisseau. Je crois que Bruyère, sa sœur, ne lui est pas indifférente... Bon, laisse-moi te raconter.

Sans marquer de pause, au grand désespoir de Prunelle, il se lança dans son récit, avec à la main une chope fraîche de bière au miel.

— Nous avons fait le chemin sans encombre, en ménageant les chevaux, jusqu'à Baludelle, la bourgade où les Obscurs se sont manifestés. Sacré spectacle ! Des bêtes cruelles, voilà ce que sont ces sorciers ! Ils ont ensorcelé des chemins pour que ceux qui les empruntent meurent pétrifiés ! Sans parler de ces arbres qui étouffent de leurs branches ceux qui s'approchent de trop près. Tu n'imagines pas les ravages dont ces sorciers sont capables.

Après une longue gorgée de bière, il reprit :

— Nous avons passé notre temps à sillonner l'endroit, et même au-delà, sans lésiner sur les sorts de détections les plus fins. Eh bien crois-moi si tu veux, on n'a rien trouvé, rien de rien ! C'est une vieille pratique qu'ils affectionnent : frapper durement et disparaître, avant de frapper ailleurs, plus fort, là où on ne les attend pas. Ils nous veulent fébriles, aux aguets, et prennent un malin plaisir à nous surprendre.

Il soupira, soucieux.

— Ils sont sans doute en planque dans le comté voisin de Brumillon. Impossible de vérifier, puisque la magie des Éclaireurs s'affaiblit là-bas. Bref, cela n'augure rien de bon. À mon avis ils nous harcèleront jusqu'à ce que nous leur cédions Tendreval, terre de leur ancêtre Nectar, prétendent-ils. Pure légende ! Et j'ai bien l'intention de les en empêcher !

Il ponctua cette dernière phrase d'un vigoureux coup de poing sur la table, qui fit sursauter Prunelle, nerveuse. Puis, comme pour lui-même, il énuméra les lieux où la prochaine attaque pourrait avoir lieu, mais sa fille ne l'écoutait que d'une oreille, pressée de prendre la parole.

— Dès demain je missionnerai des Éclaireurs à toutes nos frontières, ils jetteront des sorts de vérité à chaque nouvel entrant, gronda-t-il. Et si nous chopons un Obscur, crois-moi, je saurai le faire parler, il me dévoilera leurs plans !

— J'ai quelque chose d'important à... tenta enfin Prunelle.

Mais son père n'en avait pas terminé.

— Levain était frustré, il avait réellement envie de se mesurer à eux. Bah, c'est normal, il devient homme et veut faire ses preuves. Je le surveille de près, en ce moment, je ne voudrais pas qu'il se laisse tenter par la magie noire, on ne se méfie jamais assez, c'est si vite arrivé ! Enfin voilà, il n'y a pas eu de confrontations, son humeur s'en ressent un peu, alors reste détendue en sa présence, ça ira mieux demain.

Puis il leva l'index.

— Tiens, justement, il revient des écuries.

En effet, on l'entendait siffler machinalement un petit air de son invention, comme souvent. Prunelle retint une très forte envie de lever les yeux au ciel. Impossible de parler devant Levain, elle allait devoir patienter !

Le jeune homme ouvrit la porte et s'avança en faisant claquer sur le sol ses lourdes bottes, avant de s'asseoir à son tour. Il avait beau ne s'être absenté que quelques jours, elle le trouva changé, plus robuste, presque aussi impressionnant que leur père.

Sourire aux lèvres, Levain dévisagea Prunelle.

— Alors sœurette, contente de nous revoir ? demanda-t-il.

Puis il fouilla dans son sac pour en sortir un paquet qu'il lui tendit.

Elle le déballa, et découvrit un petit pain des quatre saisons, une délicieuse spécialité de l'est du comté.

— Oh… c'est vraiment… merci Levain, balbutia-t-elle, surprise par tant de bienveillance.

Même Roc sembla étonné.

Levain remplit à son tour une chope de bière, la vida presque d'un trait avant de pousser un long soupir de satisfaction.

— Figurez-vous qu'en quittant la maison de Ruisseau, il m'est arrivé quelque chose d'incroyable.

Il se tut, et les regarda l'un après l'autre avant de continuer.

— Je me laissais porter par le pas paisible de Brave, j'admirais le soleil couchant, les lapins qui s'égayaient à notre approche…

Nouvel arrêt, nouvelle gorgée de bière.

C'était agaçant. Qu'est-ce qui lui prenait ? Pourquoi n'en venait-il pas aux faits ?

— Parvenu au carrefour de la Giboulette, en rase campagne, j'ai choisi de prendre le trajet le plus long pour rejoindre la ville. Au pas, pour délasser mon cheval. Vous savez, sur ce chemin blanc qui longe un étroit bras de rivière ?

Roc acquiesça.

Prunelle, elle, cessa de respirer.

La Giboulette, le chemin blanc, le bras de rivière…

Ça y est, elle ne savait que trop bien où il voulait en venir !

— Et là, quelle surprise ! Figurez-vous qu'une passerelle neuve enjambait la rivière. Aussi fraîche qu'un œuf du jour. Très jolie, très réussie.

— Sans doute l'ouvrage d'un apprenti qui s'est entraîné en notre absence, commenta leur père. Une bonne idée, c'est toujours utile, un pont ! Il n'a pas demandé d'autorisation, mais on ne le blâmera pas, il a travaillé pour le bien de tous.

Cela ne soulagea en rien Prunelle, car sur le visage de Levain, tourné vers elle, on ne lisait plus que froideur et menace.

— Sans doute, en effet. Nous pourrions même le remercier en personne, puisque nos sorts sont toujours signés… J'ai donc lancé un sort d'identification et le nom du bâtisseur m'est apparu. De la bâtisseuse, devrais-je dire !

Sa sœur pâlit brusquement, comme si le sang venait de geler dans ses veines.

Roc, lui, fronça les sourcils.

Levain reprit la parole, la bouche arquée par le mépris.

— C'est pourquoi je m'incline et je félicite la créatrice de ce superbe édifice.

Il salua la jeune fille de façon exagérée.

— J'ai nommé… notre chère Prunelle !

Alors il s'empara d'un geste sec du petit pain qu'il lui avait offert et, d'un coup de dents féroce, le déchiqueta.

8

Un lourd silence succéda aux paroles de Levain.

Prunelle le dévisageait, incrédule. Comment pouvait-il la haïr à ce point ? Et cette signature, sur les sorts de magie forte, elle en ignorait totalement l'existence. Quelle idiote ! Vite, il fallait qu'elle s'explique. Les mains à plat sur la table, elle se pencha en avant, cherchant à capter le regard de Roc qui fixait un point sur la nappe, l'air abasourdi.

— Justement, je voulais t'en parler la première, je te le jure ! s'exclama-t-elle, la voix tremblante d'émotion. Je n'avais pas l'intention de cacher mes…

Son père se leva si brusquement que son siège tomba en arrière. Ses yeux, brun clair d'ordinaire, semblaient plus sombres qu'une nuit sans étoiles et plus froids qu'une pluie de janvier. Le visage pourpre, les traits durcis par la rage, il pointa sur elle un index accusateur.

— Toi aussi tu veux plonger cette maison dans le malheur, c'est ça ? rugit-il.

Elle recula sur sa chaise, stupéfaite par la violence de sa réaction.

— Non, pas du tout, laisse-moi t'expliquer, je t'en prie. Je n'ai pas…

Impossible d'achever sa phrase. Roc avait déboulé sur elle, presque effrayant, pour la saisir par les épaules et la lever de force.

— Comment as-tu pu te permettre de braver la loi ? Toi, ma fille adorée, si droite, si aimante, dont j'étais si fier ? La seule personne que je croyais incapable de me décevoir ?

Son ton était tranchant, accusateur, chaque mot frappait droit au cœur de la jeune fille. Elle vit une petite moue faussement apitoyée sur les lèvres de Levain, qui n'avait pas bougé, et tout d'un coup c'en fut trop.

Submergée par la colère, d'un geste vif, elle se dégagea de l'emprise de Roc.

— On dirait que ça te fait plaisir, hein ? C'est ça ? hurla-t-elle à son frère, qui ne se donna pas même la peine de répondre.

Puis à son père, elle lança, pleine de fureur :

— Et cette loi, on en parle ? Elle est ridicule ! Je manie la magie forte aussi bien qu'un garçon, alors pourquoi m'en priver ? Tu dis toi-même que tu manques d'Éclaireurs, alors qu'il y a abondance de sorcerelles ! Je pourrais vous aider, et je ne suis sûrement pas la seule à en être capable !

Son père secoua la tête comme si elle venait de dire une absurdité.

— Tu es surtout capable de provoquer les pires des catastrophes, tu n'y connais rien ! riposta-t-il durement. Te tenir à ta place, on ne te demande rien de plus.

— Je suis sûre que ma mère ne serait pas d'accord avec toi, lâcha-t-elle, le menton en avant.

Roc accusa le coup, silencieux, le regard au loin.

— Tu sais ce qui t'attend, je suppose, remarqua-t-il enfin après d'interminables secondes.

La colère semblait l'avoir quitté, au profit d'une froideur qui n'augurait rien de bon.

Prunelle recula d'un pas.

— Tu ne vas pas... Tu ne vas pas infliger ça à ta propre fille ? s'écria-t-elle, incrédule.

Il leva les sourcils.

— Je devrais faire une exception, sous ce prétexte ? Tu manques singulièrement de jugement !

Il se tourna vers son fils.

— Demain avant le lever du soleil, Ruisseau et toi préparerez l'une des cellules. Préviens-le. Et laisse-nous, je dois prononcer la sentence.

Le jeune homme acquiesça et quitta la pièce, non sans jeter un dernier regard victorieux à sa sœur.

Vite, il fallait fuir, c'était le moment ! Prunelle bondit en direction de la porte, mais son père fut plus rapide. En deux pas il se dressa devant elle.

— Arrête, c'est inutile.

Avec douceur cette fois, il posa ses larges mains sur le crâne de sa fille.

— Un jour, j'en suis sûr, tu comprendras que c'est pour ton bien si j'agis ainsi.

Elle voulut s'écarter, lui échapper, impossible ! Elle était pétrifiée. Ensorcelée. Incapable même de prononcer le « Épargne-moi, je t'en supplie ! » qui lui venait aux lèvres.

— En vertu du pouvoir qui m'est conféré, moi, Roc, maître Éclaireur et chef reconnu par tous les habitants du comté de Tendreval, je déclare Prunelle, ma fille, inapte à pratiquer toute magie ces douze prochains mois. Elle sera emmurée demain dès l'aube et privée de tout contact. À l'issue de cette période, elle devra jurer devant la communauté de ne plus se laisser tenter par la magie forte. Si ce serment n'était pas honoré, elle serait bannie de nos terres, à jamais.

Sa voix grave et triste semblait porter un terrible fardeau. Celui que sa fille chérie venait de jeter sur ses épaules. Lui, le sorcier le plus puissant et le plus respecté du comté, n'avait pas été capable de faire respecter la loi par son propre sang !

Dès qu'il se tut, Prunelle sentit son corps et son esprit saisis d'un froid étrange. Son pouvoir faiblissait déjà, telles de petites vagues qui se retirent, puis s'éteignent tout à fait. Elle avait chaud et froid à la fois, son cœur pétaradait dans sa poitrine, elle se crut sur le point de s'évanouir.

La magie la quittait.

9

Roc guida Prunelle jusqu'à une chaise où elle s'écroula, sans force.

— Tu resteras dans ta chambre jusqu'à l'heure du départ, ordonna-t-il. Je viendrai te chercher aux premières heures du matin. Mets dans un sac tout ce que tu veux emporter avec toi.

— Pourrai-je dire au revoir à Nuée, au moins ? Et à Aimée ?

— Non. Ton amie apprendra la nouvelle demain midi, comme tout le monde. Je chargerai les sorcelles d'informer la population. Quant à ta licorne, le lien est rompu. Pour elle, tu n'existes plus.

Prunelle acquiesça lentement, le ventre noué.

— Je vais t'expliquer ce qui s'est passé, insista-t-elle. L'autre matin, j'étais à ma fenêtre quand…

— Tais-toi, la coupa-t-il sèchement. Je ne veux rien savoir.

— … j'ai vu une fille qui…

— SILENCE ! tonna-t-il. Veux-tu que je te rende muette ?

Il lui montra l'escalier d'un geste autoritaire du menton, et elle obéit, elle n'avait pas le choix. Elle gravit les marches lourdement, fatiguée comme jamais. À croire qu'elle escaladait le mont Figoulin, le plus haut du comté. Au fait… la fenêtre de sa chambre, elle, n'était pas si haute que ça et donnait sur la rue ! Elle en sauterait dès que son père serait couché ! Elle se blesserait peut-être, une cheville ou un genou, mais qu'importe, c'était le prix de la liberté.

Quand Roc lancerait les recherches, elle serait loin. L'idéal serait de gagner Tournemine, ce vieux village où la magie n'opérait pas, à quelques heures de marche au plus, plein ouest. Le lieu était déserté depuis longtemps, elle y trouverait une cachette indétectable. Elle gagnait toujours à ce jeu-là avec Roseau, quand ils étaient petits. Ensuite… ensuite elle aviserait ! De toute façon, rien ne pouvait être pire que la captivité !

Elle parvint au palier d'un pas plus ferme. S'échapper, c'était déjà un bon début.

Elle ouvrit la porte de sa chambre, doucement éclairée par la lune à son plein, et fut coupée net dans son élan. De solides barreaux venaient d'apparaître dans l'encadrement de sa fenêtre, sans doute l'œuvre de Roc.

Elle recula sans bruit, se retourna et pénétra dans la pièce d'en face, un petit salon où sa mère aimait se tenir autrefois.

Là aussi, des barreaux. Comme au rez-de-chaussée, probablement.

Elle s'adossa à la porte de sa chambre, la tête basse.

Rien ne s'était passé comme elle l'avait souhaité, et tout était arrivé si vite, si fort : la privation de magie, terrible, dont elle ne mesurait pas encore les effets ; la perspective affreuse de l'enfermement qui l'attendait ; Levain, si malfaisant ; Aimée, perdue ; sa chère Nuée, tenue loin d'elle...

Après quelques minutes, ravalant ses larmes au prix d'un gros effort de volonté, elle se dirigea vers son placard pour y prendre un grand sac en toile.

Dans la pénombre elle le remplit de vêtements chauds et confortables, puis y ajouta des affaires de toilette, son journal de bord, des crayons, un livre enchanté qui contenait des contes qui se renouvelaient sans cesse, cadeau de Roc, une chaîne et un médaillon où figurait le portrait de sa mère, reçus en héritage, une boîte à musique qui pouvait jouer des heures durant et Brioche, sa vieille poupée en tissu.

Elle se laissa ensuite tomber en arrière sur son lit. De toute évidence, elle ne fermerait pas l'œil de la nuit. Un instant plus tard, elle entendit son père monter à son tour se coucher, d'un pas plus pesant qu'à l'ordinaire.

Il s'était montré si différent de ce qu'elle savait de lui, ce soir. Coléreux, inflexible, presque violent… Un autre homme ! Ça aussi, c'était un choc. Ils avaient toujours eu une relation privilégiée, tissée de tendresse et de complicité, et voilà qu'il n'en restait rien. Sans hésiter, sans même l'écouter, il l'avait condamnée à la peine la plus affreuse.

Elle l'entendit longer le couloir et elle se redressa brusquement. Et s'il s'arrêtait devant sa porte ? Pour frapper, lui dire qu'il annulait sa peine, qu'il se contenterait d'un avertissement, qu'il lui pardonnait ? Ou pour l'écouter, enfin ?

Non, il continua jusqu'à sa propre chambre et le silence revint, bientôt rompu par des ronflements sonores, comme chaque soir. D'habitude elle s'en amusait, ça la berçait presque, mais là, elle en fut blessée. Comment pouvait-il s'endormir aussi facilement alors qu'il venait de condamner sa fille ? Quelle indifférence !

Le chagrin s'empara d'elle, brusque et profond, pour la submerger. Elle enfouit sa tête dans l'oreiller et se laissa aller à pleurer sans bruit une bonne fois, fort, longtemps.

Elle avait tout perdu, ce soir.

Même son père.

10

Prunelle se réveilla, stupéfaite d'avoir pu dormir malgré tout. Elle se pencha sur la petite horloge posée sur sa table de chevet, et dont les aiguilles brillaient dans la nuit. Il était onze heures trente seulement, elle ne s'était assoupie que peu de temps.

Elle essuya son visage encore mouillé de larmes et regarda autour d'elle, sur ses gardes. Il lui semblait avoir perçu un bruit, comme un murmure. Peut-être un mauvais tour de Levain. Il était bien du genre à venir la narguer pour savourer son horrible triomphe. Dans ce cas, elle ne se priverait pas de lui répondre, ou même de l'insulter, qu'il comprenne à quel point elle aussi, désormais, le détestait.

Elle inspecta l'obscurité un bon moment, mais ne remarqua rien d'inhabituel, elle avait dû rêver. Elle rabattit la couverture sur elle, ferma les yeux en espérant se reposer encore un peu.

— Prunelle, entendit-elle.

Juste un chuchotis, tout près, dans sa chambre.

Elle bondit hors de son lit, se plaqua dos au mur et se maudit d'avoir toujours compté sur la magie pour éclairer la pièce. Elle eut beau inspecter le moindre recoin, les yeux plissés, elle ne vit rien. Quelqu'un était là, pourtant, bien caché.

Si son pouvoir ne lui avait pas été confisqué, Prunelle aurait détecté l'intrus grâce à un simple sort de trouvaille. Elle l'utilisait avec succès lorsqu'une mère ou un père affolé cherchait en vain son enfant parti jouer trop loin. Un petit nuage de poudre rosée apparaissait alors et leur montrait le chemin qui menait au jeune « disparu ». Mais la magie, pour elle, c'était fini…

— N'aie pas peur, je ne te veux aucun mal, la rassura-t-on.

Une voix inconnue, plutôt douce, dont elle ne pouvait dire si elle émanait d'un homme ou d'une femme. Détail étrange, elle provenait du haut de l'armoire…

— Je descends te rejoindre.

La jeune fille distingua une petite masse sombre, de la taille d'un merle. La créature voleta de façon désordonnée avant de se suspendre, la tête en bas, à une branche du mange-mouches que Roseau lui avait offert, peu avant son départ.

Le halo d'une lumière tamisée illumina aussitôt la bestiole, et Prunelle réprima une grimace de dégoût : il s'agissait d'une chauve-souris, au pelage brun roux.

Elle n'aimait guère ces bêtes-là. Au soir tombé, mi-mammifères mi-oiseaux, elles vous fonçaient dessus sans prévenir et frôlaient vos cheveux, juste pour le plaisir de vous effrayer. Et elles étaient laides, avec ça ! Un petit corps velu, des pattes griffues, et trop de dents dans leur gueule pointue !

Pour être honnête, celle-ci, avec ses grandes oreilles rosées en forme de pétales, son museau plutôt arrondi et ses yeux expressifs, n'était pas si vilaine, même à l'envers.

— Qui es-tu ? murmura Prunelle en restant à bonne distance.

— La victime d'un sort qui me condamne à vivre à jamais sous cette apparence, hélas !

Ça, elle s'en doutait déjà.

— Fort heureusement, précisa l'animal, je ne suis pas obligé d'adopter en permanence cette position un peu ridicule, avouons-le ! En plus de la parole, la personne qui m'a ensorcelé m'a aussi offert la possibilité, à l'occasion, de me poser comme un oiseau. Mais si cela ne te dérange pas, je resterai ainsi, c'est nettement plus confortable pour les créatures de mon espèce.

Prunelle haussa les épaules, un peu agacée par son bavardage.

— Cela ne me dit pas qui tu es !

— Ce maléfice m'empêche de te révéler mon identité, ou comment j'ai pu en arriver là. Sur ces sujets mes lèvres sont scellées. Sache toutefois que j'étais auparavant un brillant Éclaireur, et que désormais je me nomme Nox, ce qui veut dire « nuit » en vieille langue.

La jeune fille croisa les bras. Ce Nox avait dû commettre une lourde faute pour subir un tel châtiment. C'est ce qui était arrivé par exemple à Amande, une femme de la rue des Micaloux, transformée en brebis pour avoir volé une jument, ou à Bec, un Éclaireur devenu limace parce qu'il maltraitait ses enfants.

— Que fais-tu ici, que me veux-tu ? demanda-t-elle, méfiante.

— Figure-toi que pour me rendre utile malgré ma triste condition, je me consacre à secourir les demoiselles en détresse. Avec un certain succès, il faut bien le reconnaître.

Prunelle se pinça les lèvres pour ne pas sourire. Comment une si petite bête pouvait-elle aider qui que ce soit ? Et cette façon de parler, « demoiselles en détresse », une expression d'un autre temps. Ce vocabulaire, cette conduite chevaleresque, ce Nox n'était plus tout jeune !

— Tout à l'heure, alors que je me régalais de cerises dans votre jardin, par le plus grand des hasards j'ai entendu ce qui se passait chez toi, reprit-il. Par chance, il se trouve que je suis en mesure de te tirer de ce mauvais pas !

— Comment ça ?

— C'est simple ! Tu vas m'accompagner, je te mènerai auprès de gens comme toi, des résistants en quelque sorte. Auprès d'eux tu seras en lieu sûr. Mais surtout, ils seront capables de te restituer ta magie !

Prunelle écarquilla les yeux, vivement intéressée.

— Hein ? De qui s'agit-il ? Et où sont-ils ?

— À ce stade, mieux vaut que tu en saches le moins possible.

— Et pourquoi devrais-je te faire confiance ?

— Tu as une meilleure idée ? rétorqua-t-il. Une solution pour ne pas échouer dans le trou à rats dans lequel ton père veut t'enfermer ?

— Non, je…

— Chut ! la coupa-t-il. Quelqu'un arrive !

Elle tendit l'oreille et perçut des pas dans l'escalier, accompagnés d'un sifflement en sourdine. Levain ! Sa chambre était en bas, il n'avait aucune raison de monter à l'étage à une heure pareille, sauf pour s'assurer qu'elle ne dormait pas, et la provoquer une dernière fois.

— C'est mon frère, chuchota-t-elle.

— Alors je file, il ne doit pas me trouver là. Décide-toi tout de suite, le temps presse, tu me suis, oui ou non ?

Prunelle n'eut pas besoin de réfléchir.

— Évidemment, mais comment ? Je ne peux pas sortir de ma chambre !

Sans lui répondre, Nox s'élança entre les barreaux de la fenêtre tandis que Levain toquait doucement à la porte.

11

— Ça se passe bien, sœurette ? s'enquit Levain d'un ton moqueur, à mi-voix pour ne pas réveiller son père.

Prunelle tenta en vain de lui répondre, de le traiter de tous les noms. Sa bouche restait close, son corps était parcouru de curieux frémissements et sa peau la picotait comme si une armée de fourmis rouges la prenait d'assaut. Elle respirait de moins en moins bien. À l'étroit, oppressée, elle tenta d'appeler à l'aide sans y arriver, tandis que son cœur battait trop vite.

— Ne me fais pas croire que tu dors ! Mademoiselle ne veut pas discuter, c'est ça ? Bah, tu finiras par admettre que c'est pour ton bien, si j'ai parlé ce soir.

Un grand bang retentit dans la tête de la jeune fille, tandis qu'un voile gris foncé obscurcissait sa vision.

« Je suis en train de mourir », pensa-t-elle, terrifiée, en fermant les yeux.

Elle entendit encore Levain, de très loin, qui lui disait :

— Tu verras, tu m'en seras reconnaissante, plus tard. Il faut savoir rester à sa place, sœurette, et…

Puis plus rien.

Lorsque Prunelle ouvrit de nouveau les yeux, elle était au sol. Au ras du sol même, bizarrement. Sa vue était brouillée, comme fragmentée, et la petite pièce lui semblait devenue immense. Quand elle essaya de se lever elle réalisa qu'elle était déjà debout, dressée sur… sur ses huit pattes !

Nox venait de la transformer en araignée…

— Tu ne dors pas, je le sens, insista son frère.

Il était capable d'entrer sans son autorisation, il l'avait déjà fait à de nombreuses reprises.

Prunelle voulut fuir, vite se cacher, mais n'y parvint pas. Impossible de bouger ! Elle resta recroquevillée, redoutant le pire. Il allait ouvrir, entrer, la voir, s'avancer et… l'écraser de sa lourde botte. Elle était piégée dans ce nouveau corps qu'elle ne savait pas mouvoir, impuissante, à la merci de Levain !

Lorsqu'il actionna la poignée de la porte, elle partit soudain en courant, sans doute grâce à l'instinct de survie. Elle galopa, même, pour atteindre le mur, la fenêtre et les barreaux, entre lesquels elle se glissa.

Elle stoppa net derrière l'un d'eux, surprise. Dans sa chambre, toujours pas de Levain !

— Roc a enchanté la porte, elle est bloquée, gronda-t-il. Il a eu peur que tu t'échappes.

« À moins qu'il ait craint que tu viennes m'embêter ! » songea-t-elle, avec une pointe de reconnaissance pour son père.

— Ce n'est pas grave, on se revoit dans quelques heures pour ton moment de gloire, murmura-t-il en s'éloignant.

S'il n'en tenait qu'à elle, ils ne se reverraient jamais !

Elle reprit sa course pour dévaler le long du mur extérieur et atteindre la ruelle qui bordait sa maison.

— Rejoins-moi vite, chuchota Nox.

La chauve-souris était là, tout près. Prunelle regarda autour d'elle, mais sa vision était trop floue pour la repérer.

— Où es-tu ? murmura-t-elle dans un filet de voix qu'elle ne reconnut pas.

— À deux mètres de toi, caché dans les feuillages de votre rosier grimpant. Ne m'en veux pas, mais il m'a semblé que t'offrir temporairement l'apparence d'une araignée te permettrait de me rejoindre facilement. Certes, j'aurais pu choisir une mouche, ou une abeille, sauf que...

Prunelle, qui s'avançait dans sa direction, l'interrompit :

— Temporairement ? Jusqu'à quand ?

— Tu retrouveras ta vraie nature au soleil levant, lorsque nous arriverons.

Cela lui sembla bien loin. Si elle en avait été capable, elle aurait poussé un profond soupir.

— Dès lors tu seras à l'abri, je te le promets, ajouta-t-il, rassurant.

Pourvu qu'il dise vrai !

Elle ravala toutes les questions qu'elle se posait et auxquelles il ne répondrait pas, et se pressa vers le rosier. Elle grimpa sans difficulté le long de l'arbuste, légère, avant de se poser sur un large pétale. Aucun parfum… les araignées n'avaient peut-être pas d'odorat. En revanche, le contact de la rose, sous ses pattes, était d'une douceur qu'elle n'aurait pas soupçonnée, très confortable.

Juste en face de la tête renversée de Nox, elle demanda :

— Quel est ton plan ?

— Par chance, ton frère n'a pas découvert ton absence. Cela nous laisse quelques heures avant que ton père et lui se lancent à nos trousses, ce qu'ils ne manqueront pas de faire.

— Ça m'étonnerait ! Au contraire, ils seront bien contents d'être débarrassés de moi, constata-t-elle, amère.

Nox fit une drôle de mimique, sans doute une moue sceptique de chauve-souris.

— Comment allons-nous voyager ? s'enquit Prunelle. Toi dans les airs, moi sur mes huit pattes ? Les araignées ne parcourent pas de longues distances.

— Oh... Euh, non, je te transporterai, il suffit que tu t'accroches à mon cou. Enfin... je suppose.

Il semblait moins sûr de lui soudain.

— Quoi, tu plaisantes ? répliqua-t-elle. Tu ne pouvais pas plutôt me transformer en oiseau, ou en chauve-souris, moi aussi ? Pour qu'on vole ensemble ?

Nox pinça les narines.

— On ne peut pas penser à tout... j'ai agi dans l'urgence, et tu sais bien que je ne peux pas modifier mon propre sort.

— Certains Éclaireurs en sont capables...

— Pas moi, en dépit de ma longue expérience. Désolé !

Assurément, il était vexé.

À la recherche d'une solution, Prunelle aspira une trace d'humidité. La rosée du soir, peut-être. Délicieuse ! C'était l'eau la plus fraîche qu'elle ait jamais bue. Ce n'est pas pour rien que sa mère se nommait ainsi, « Rosée » !

— J'ai une idée, murmura-t-elle subitement. Je veux emporter un médaillon qui contient un portrait de ma mère et...

À son tour, il l'interrompit vivement.

— Hein ? Comment veux-tu le transporter ? Pas question !

— Laisse-moi terminer. Il est à l'intérieur d'une petite bourse en cuir, elle-même suspendue à un lacet que tu glisseras autour de ton cou. Et moi, je voyagerai à l'intérieur de la bourse.

— Hum… la bourse, oui, pourquoi pas. Mais le médaillon, non, trop lourd, et inutile.

Prunelle qui jusque-là se tenait pattes fléchies, détendues, se redressa pour s'écrier de sa voix fluette :

— Dans ce cas, je ne viens pas ! Tu l'ignores sans doute, mais ma mère est morte quand j'étais bébé, ce portrait est mon bien le plus précieux !

Nox eut l'air aussi stupéfait qu'une chauve-souris peut l'être, ses oreilles roses écartées à leur maximum.

— Oh… elle est… euh… je… Pardon, je ne savais pas. Dans ce cas, oui, bien sûr… Mais où est-il ?

— Dans le grand sac, à côté de mon lit.

— C'est comme si c'était fait.

Dès qu'il fut parti, Prunelle fut d'abord surprise par une furieuse envie de tisser, sans doute très naturelle. Mais la fatigue prit le dessus et, sur ce pétale si accueillant, elle s'assoupit.

Elle fut réveillée peu après par un souffle léger. C'était Nox, la bourse autour du cou.

— Prête ?

— Oui, murmura-t-elle, un peu inquiète soudain. Mais… tu ne peux vraiment pas m'en dire plus ?

— Non, pardonne-moi. Tu dois me faire confiance, même si je sais que c'est beaucoup te demander. De la sorte, si tu es capturée, tu ne risqueras pas de trahir ceux que nous devons rejoindre.

Emmurée, capturée... Comme sa vie venait de changer !

Alors, avec un gros pincement au cœur, elle se faufila dans la bourse et se blottit tout contre le petit portrait de sa mère.

Là, si près d'elle, elle espéra que rien de fâcheux ne lui arriverait.

12

Prunelle était ballottée en tous sens, de bas en haut, de droite à gauche. Sans compter les trous d'air quand Nox, sans raison apparente, piquait vers le sol avant de remonter en flèche, ou se livrait à de brusques accélérations. Plusieurs fois, elle lui cria de ralentir, en vain. Comment aurait-il pu l'entendre ? Le battement de ses ailes faisait un vacarme épouvantable, ainsi que son souffle haletant.

Elle serrait le médaillon de toute la force de ses huit pattes mais peu à peu elle parvint à se détendre, avant de s'endormir brutalement, presque en sursaut, épuisée.

La voix de Nox la tira de ce sommeil pesant.

— Je vais atterrir. Je procéderai le plus doucement possible.

Il fallut à Prunelle plusieurs secondes pour émerger, se remémorer la situation et se réjouir. Ils arrivaient à bon port, elle allait enfin retrouver forme humaine.

Il ralentit nettement pour amorcer la descente. Elle se plaqua au médaillon, elle attendait le choc d'un brusque retour à la terre ferme...

Qui n'advint pas ! À peine subit-elle quelques rebonds avant que Nox s'immobilise.

— Ça va ? souffla-t-il aussitôt.

— Oui, merci !

— Tant mieux. Je n'ai pas l'habitude de me poser ainsi, je préfère de loin faire halte dans les hauteurs, mais j'ai pensé que ce serait plus confortable pour toi.

Elle s'extirpa vite de la bourse et poussa un cri de surprise mêlée de déception. La nuit était toujours aussi noire qu'au moment du départ, il n'était donc pas l'heure de retrouver ses bras et ses jambes. Il faisait si sombre qu'elle ne comprit même pas où ils étaient. Au plus profond d'une forêt, peut-être.

— Nous ne sommes pas arrivés à destination, si ? demanda-t-elle à Nox, dont elle distinguait à peine la silhouette.

Il se pencha vers elle pour chuchoter très bas.

— Il y a eu un imprévu.

— Quoi ? Qu'est-ce que tu veux dire ? s'alarma-t-elle.

— Chut, parle moins fort. Nous sommes dans une caverne tapissée de chauves-souris endormies, elles sont deux mille à peu près. C'est le seul endroit où je peux passer inaperçu. Toutefois si elles se réveillent, elles risquent de comprendre que je ne suis pas des leurs, ce sera l'affolement général.

— Qu'est-ce qu'on fait là ? le pressa-t-elle.

— On se cache ! Avant mon départ, j'ai tracé un cercle de présence dans ta chambre. Il a été brisé par ton père, deux heures après notre fuite. Il voulait sans doute s'assurer que tu allais bien. Levain et lui se sont aussitôt lancés sur notre piste et ils n'ont pas tardé à nous rattraper.

— Hein ? Comment ont-ils pu retrouver une chauve-souris et une araignée dont ils ignoraient l'existence ?

Après une petite toux discrète et embarrassée, Nox s'expliqua.

— Eh bien voilà... Les chauves-souris ont... Enfin, elles ne peuvent pas toujours... comment dire... se retenir. J'ai donc laissé ma trace dans ta chambre, et ton père l'a détectée. Ton frère et lui se sont aussitôt liés avec deux licornes ailées, des mâles très rapides, qui savent quoi chercher. Ils ne sont pas loin, ils m'ont sûrement vu me faufiler dans cette grotte.

En d'autres temps, Prunelle aurait ri de savoir Levain sur le dos d'une licorne, créature juste bonne à tenir compagnie aux sorcerelles, d'après lui. Mais elle n'y songea pas et resta muette, gagnée par la crainte d'être capturée par les siens.

Nox soupira avant de continuer.

— J'ai tenté de les semer, sans y parvenir. Ici au moins, je ne suis qu'une parmi deux mille, ma trace se noie parmi celles de mes congénères.

— Donc ils ne nous trouveront pas et feront demi-tour, non ?

— Hum, à vrai dire, c'est un peu plus compliqué que ça... Le jour est sur le point de se lever, tu vas bientôt redevenir jeune fille. Ton père va sentir cette magie opérer, remettre la main sur toi sera alors un jeu d'enfant.

Il laissa échapper un long soupir.

— Je crains que ton évasion ne se transforme en échec, murmura-t-il d'un ton grave.

— Ta magie ne peut pas nous aider ?

— Hélas, le maléfice que je subis l'a diminuée de moitié. Je ne suis pas de taille à me mesurer à nos poursuivants.

— Nous sommes loin de notre destination ?

— Non, une heure de marche, au plus.

— Ces gens que nous devons rejoindre, ils ne peuvent pas nous aider ?

Il écarquilla les yeux.

— Et révéler leur présence à ton père ? Dans ce cas, non seulement j'aurais échoué à secourir une demoiselle en détresse, mais je mettrais en péril ces preux résistants ! Je ne connais pas ton père, mais Dune, une de mes vieilles relations, était de ses amis autrefois, et elle m'en a beaucoup parlé... D'après elle, c'est un homme de qualité, certes, mais très obstiné. Crois-moi, il ne ferait montre d'aucune indulgence s'il mettait la main sur ces gens-là.

Il avait raison, inutile que d'autres qu'elle soient en danger. Mais pas question pour autant de laisser Roc et Levain la jeter au fond de l'une de leurs sinistres cellules !

De nouveau prise d'une surprenante envie de tisser, Prunelle se mit à réfléchir. À tisser les idées.

Et en trouva une.

13

— C'est simple, affirma Prunelle. Il faut créer une diversion, empêcher mon frère et mon père de nous suivre, par n'importe quel moyen.

— J'en suis incapable, malheureusement, déplora Nox. Je ne peux pas grand-chose face à des sorciers aussi puissants.

— Toi, peut-être, mais elles… elles y parviendront !

Et elle pointa, du bout d'une patte, la voûte au-dessus d'eux.

— Tu as bien dit qu'elles étaient deux mille ? Imagine un peu, Nox ! Deux mille chauves-souris à l'assaut de deux hommes, elles en viendront à bout, les aveugleront, les empêcheront de bouger. Il suffit de faire d'eux des appâts irrésistibles en les recouvrant d'insectes, ou de miel ou… ou à toi de voir ! C'est à ta portée ?

— Oui, mais ils se débarrasseront des assaillantes en un clin d'œil, d'un sort bien choisi, et ils nous prendront en chasse.

— Dans ce cas, il ne reste qu'une solution : ensorcelle deux de tes congénères pour qu'elles...

Elle se tut, hésitante soudain.

— ... endommagent le nerf de Nectar de Roc et Levain, osa-t-elle enfin.

La légende voulait qu'Astre, le premier des sorciers, leur ancêtre à tous, ait eu jadis un fils nommé Nectar. Ce dernier, ivre de magie, ne connaissait aucune limite. Il distribuait enchantements ou maléfices au gré de ses humeurs, qu'importent les conséquences. Jusqu'au jour où lui prit la fantaisie de faire voler dans les airs une barque sur laquelle s'amusaient trois enfants. Non seulement il n'y parvint pas, mais le bateau coula à pic. Au lieu de secourir les malheureux petits, il renouvela aussitôt l'opération, sur un canot dans lequel se promenait un couple d'amoureux, qui connut le même sort.

Rendu furieux par ces échecs, il longeait la rive, prêt à recommencer, quand Astre, son père, lui bondit dessus et lui enserra le cou d'une main puissante. Puis, de l'index, il appuya fort, très fort, sur un nerf précis, au creux de la nuque de son fils, et prononça d'une voix tonitruante : « Qu'une pression sur ce nerf abolisse ta folle magie jusqu'à demain matin, et que pour tous les sorciers il en soit désormais ainsi ! » Nectar s'écroula au sol, terrassé par des douleurs et des tremblements violents qui l'empêchèrent de se relever avant le soir.

Voilà pourquoi, disait-on, le nerf de Nectar était le point faible de toutes les personnes douées de magie. Celui par lequel on pouvait neutraliser un sorcier, en dernier recours seulement.

Après cette proposition de Prunelle, Nox resta un moment silencieux avant de constater :

— Ils tomberont à terre et seront incapables de se relever ou de lancer un sort jusqu'à demain. Ils mettront plusieurs jours à s'en remettre, ils souffriront de vertiges, de nausées, de maux de tête, de grande fatigue. Leurs pouvoirs, pour un temps, seront amoindris. Ils sauront que ça vient de nous, voudront se venger...

— Je crois que nous n'avons pas le choix, rétorqua Prunelle sombrement.

Blesser Levain ne lui importait pas. En revanche, atteindre ainsi son père lui faisait mal au cœur, un peu... Elle balaya ses scrupules, après tout Roc projetait bien de l'enfermer un an dans un sombre cachot !

— Avant qu'ils soient sur pied, de nouveau en possession de leur magie, nous serons loin, affirma-t-elle. Et peut-être renonceront-ils à me pourchasser ! Avec les Obscurs qui menacent, mon père a mieux à faire que de traquer sa fille.

— En effet, la rumeur prétend qu'ils veulent s'emparer de Tendreval... J'espère que Roc saura les repousser ! Écoute, ta proposition me déplaît, je la trouve cruelle, c'est presque de la magie noire, mais je n'ai pas de meilleure idée, alors ainsi soit-il.

Sans attendre, il s'envola dans les hauteurs, à la recherche des deux complices qui exécuteraient cette basse besogne du bout de leurs doigts griffus.

Au même instant, la jeune fille entendit, dehors :

— Prunelle, sors de là !

C'était son père, tout proche, face à une fissure par laquelle le jour naissant filtrait à peine.

— Rends-toi, sœurette, fini de jouer ! lança Levain à son tour.

Elle se figea, effrayée.

— Je me demande bien à quoi tu peux ressembler, ajouta-t-il. Une petite souris, une mouche ? Tu sais qu'on peut anéantir cet endroit en un claquement de doigts ? Provoquer un éboulement, par exemple ?

— Ça suffit, Levain, tu sais bien que nous ne détruisons qu'en dernier recours ! tonna Roc. Prunelle va nous rejoindre, j'en suis sûr. Allez, ma fille, montre-toi !

— Nox, dépêche-toi, souffla Prunelle.

Il ne répondit pas et elle fut parcourue d'un frisson désagréable, presque douloureux. Ses huit longues pattes s'agitèrent sans qu'elle puisse les contrôler, puis se raidirent. Oh non, elle était en train de retrouver son corps humain ! Dans quelques minutes elle serait bien trop grosse pour se faufiler dans cette étroite fissure, la seule issue possible. Il fallait qu'elle sorte, vite, pour ne pas être coincée dans la grotte… Elle voulut crier, prévenir Nox, lui demander de l'aide, mais demeura muette, immobile, sans force.

Juste avant de perdre conscience, elle aperçut deux chauves-souris qui quittaient la voûte pour foncer vers la mince ouverture de la grotte.

Elle eut une dernière pensée avant de sombrer : à quoi bon neutraliser Roc et Levain si elle restait piégée sous la roche ?

14

Prunelle battit des paupières, vit le grand bleu du ciel au-dessus d'elle, le soleil qui indiquait midi et poussa un cri de soulagement en remuant bras et jambes. Victoire, elle était redevenue elle-même ! Elle était dans une clairière entourée d'arbres, à une dizaine de mètres de la grotte où elle avait bien cru rester enfermée quelques heures plus tôt. Elle avait dû réussir à s'en extirper à temps finalement, même si elle n'en gardait aucun souvenir.

Elle se redressa et étira avec plaisir son corps engourdi. Non loin, elle aperçut Nox, recroquevillé sur le tapis d'herbe.

Elle le rejoignit, un peu flageolante, et s'agenouilla à ses côtés.

— Tu... tu dors ?

Les yeux fermés, il respirait faiblement.

— Nox, ça va ? s'alarma-t-elle en se penchant sur lui.

— La magie, ton père, ton frère, j'ai trop... Ça m'a épuisé, répondit-il dans un souffle. Je suis tombé là, et je n'ai plus la force de bouger. J'ai besoin de repos.

Elle ouvrit la bouche, stupéfaite, alors que lui revenait brusquement en mémoire le traitement qu'ils avaient réservé à Roc et Levain. Où étaient-ils passés ?

Elle se releva et inspecta les alentours.

Là-bas, au pied d'un bouleau dont les feuilles frémissaient sous la brise, son père et son frère étaient allongés. Les licornes ailées, elles, avaient disparu dès le lien magique rompu.

La jeune fille s'avança, prudente, sans précipitation.

Roc, très pâle, la vit le premier. Allongé sur le dos, il tremblait de tous ses membres. Il tenta de lui parler mais n'y parvint pas.

— Désolée, je n'avais pas le choix, déclara Prunelle en gardant ses distances. Je ne veux pas être emmurée pendant un an, c'est inhumain, je n'ai rien fait de mal. Et je suis capable de pratiquer la magie forte aussi bien que mes frères !

— Je dois te... protéger, réussit-il à articuler.

— Mais je ne cours aucun danger, s'exclama-t-elle. La seule menace, c'est vous deux !

— Non ! Tu vas...

Il ferma les yeux, incapable de prononcer un mot de plus. Elle eut un pincement au cœur, la souffrance de son père faisait peine à voir. Mais Levain, aussi mal en point que Roc, détourna son attention d'un « Tu... vas... nous le... payer ! » grinçant, soutenu par un regard furieux. Il essaya de pointer le doigt sur elle mais ne put lever le bras et se contenta de lâcher :

— Je... serai... sans pitié... quand... on te retrouvera.

Il voulut se redresser, en vain, et hurla d'une voix éraillée :

— SANS PITIÉ !

Ce cri hargneux la fit reculer.

Toute compassion envolée, sans un au revoir, elle courut rejoindre la chauve-souris. Les deux hommes étaient immobilisés pour longtemps, elle ne risquait rien mais elle n'avait pas envie de s'attarder sur les lieux. Elle voulait filer d'ici, vite.

Elle s'assit à côté de Nox, toujours immobile.

— Tu te sens mieux ? lui demanda-t-elle.

Tout doucement, elle lui retira la bourse en cuir et se la passa autour du cou.

— Pars sans moi, chuchota-t-il. Va jusqu'au fleuve et attends-moi là-bas.

Elle haussa les sourcils. Le fleuve ? Ils avaient donc parcouru une sacrée distance !

— Quoi ? Non, je reste avec toi. Mais qu'est-ce qu'il t'arrive exactement ?

— Quand les deux chauves-souris ont quitté la grotte, je suis redescendu vers toi et j'ai compris que tu t'apprêtais à redevenir jeune fille. Il fallait te sortir de là, vite, alors…

Il s'interrompit, essoufflé, avant de continuer d'une voix ténue :

— … alors je t'ai attrapée délicatement, et je me suis engouffré dans la brèche, à mon tour. La licorne de ton frère m'a identifié, elle a henni pour attirer son attention et il a compris qui j'étais. Il m'a jeté un sort mortel au moment où l'une des chauves-souris s'abattait sur lui. J'ai bien cru y passer, mais non, je suis parvenu à contrer le maléfice, juste avant de chuter comme un vulgaire caillou.

Prunelle arrêta de respirer. Levain avait réalisé un sort mortel, alors que rien ne l'exigeait ? C'était de la pure magie noire, gratuite et cruelle, la pire qui soit, réprouvée par tous les sorciers Éclaireurs.

Il avait voulu tuer Nox, et la tuer elle, sa propre sœur ! Il se prenait pour un Obscur ou quoi ? Roc n'avait dû se rendre compte de rien, il n'aurait jamais toléré un tel acte.

Elle se pencha vers la chauve-souris, émue.

— Je suis désolée, tout ça à cause de moi… Dis-moi que tu vas t'en tirer !

— Oui, ne te tracasse pas.

— Est-ce que… Est-ce que je peux t'aider ?

— Non, c'est gentil, Prunelle. Je vais récupérer, ne t'inquiète pas, mais à mon âge, c'est plus lent.

Elle osa une caresse sur sa petite tête soyeuse.

— Tu es le meilleur sauveur de demoiselles en détresse, Nox.

Il entrouvrit les yeux.

— C'est un beau compliment, merci ! Mais tu as encore du chemin à parcourir. Tu dois gagner le fleuve, il n'est pas très loin, une heure de marche environ. Pour t'y rendre, dépasse la grotte et suis la falaise, elle y mène tout droit. Ensuite, longe la rive sur ta gauche jusqu'à...

Il n'eut pas la force de terminer sa phrase.

— Je ne vais nulle part sans toi, Nox, déclara-t-elle fermement. Tu m'as portée jusqu'ici, je te porterai jusqu'à notre destination.

Elle se pencha, le prit tout doucement pour le déposer dans la poche ventrale, si pratique, de sa large chemise.

Elle jeta un dernier regard en direction de Roc et Levain, maintenus au sol, tremblant de tout leur corps, et se mit en route à grandes enjambées.

15

Prunelle avançait vite. De ses mains, elle soutenait le corps de Nox pour qu'il ne soit pas trop ballotté. Il dormait en ronflant légèrement, bercé par le rythme de la marche.

Elle longea le bas de la falaise comme il le lui avait indiqué, sur un chemin blanc bordé de broussailles envahissantes. Elle se sentait libre, à l'abri du danger. Dans l'immédiat, au moins...

Elle évita de penser à tout ce qu'elle laissait derrière elle: un foyer où elle avait été heureuse; Nuée surtout, qui lui manquait déjà; son rôle de sorcerelle, si simple; sa douce licorne...

Non, mieux valait songer à l'avenir qui se préciserait bientôt, au bout de ce sentier. À ces gens dont elle ne savait rien, qui étaient prêts à l'accueillir, à l'accepter telle qu'elle voulait être... Qui étaient-ils ? Et par quel miracle réussiraient-ils à lui rendre son pouvoir ? À sa connaissance, aucun sorcier ne pouvait rompre un sort de privation de magie prononcé par autrui. Mais des connaissances, en matière de magie forte, elle en avait bien peu !

Et où la cacheraient-ils ? Que serait sa vie désormais ?

Les questions se succédaient, étourdissantes, et elle avait hâte d'arriver à bon port pour obtenir des réponses. Si elle avait bien compris, dès que l'Astragave serait en vue, elle toucherait au but. Ce fleuve séparait le nord et le sud du comté, un cours d'eau si imposant qu'on en distinguait à peine la rive opposée, et encore, par grand beau temps.

Elle leva la tête au cri des premières mouettes et pressa le pas, l'Astragave était proche ! Peu après en effet, elle l'aperçut qui scintillait au bout du chemin qui s'élargissait, et elle accéléra.

Lorsqu'elle fut face au fleuve, elle aspira de grandes goulées de cet air si frais. La berge était envahie de broussailles elle aussi, elle n'y vit pas plus de promeneurs que sur le chemin.

Nox lui avait demandé de partir sur la gauche, ce qu'elle fit, le regard rivé aux rares embarcations qui voguaient. Peut-être monterait-elle bientôt à bord de l'une d'elles pour gagner sa destination finale.

Au bout de plusieurs minutes, elle s'arrêta, indécise.

Nox ne lui avait pas précisé jusqu'où aller. Il était temps de le réveiller, qu'il lui indique exactement leur destination.

Assise sur un gros rocher, tête penchée, elle ouvrit la large poche dans laquelle il se reposait. Puis elle l'appela à mi-voix, pour ne pas le brusquer. Il entrouvrit les yeux, s'étira et hissa sa petite tête pour inspecter les alentours.

— Parfait, nous y sommes presque, constata-t-il.

— Tu te sens mieux ? s'inquiéta Prunelle.

Il s'échappa aussitôt pour évoluer dans les airs, et elle fut rassurée. Mais il exécutait tant de voltes et de loopings qu'elle en fut vite agacée.

— Et maintenant ? demanda-t-elle, impatiente.

Il se suspendit à la branche épaisse d'un roncier.

— Je vole plutôt bien pour une chauve-souris débutante, n'est-ce pas ? se vanta-t-il.

Prunelle leva les yeux au ciel.

— Quand tu as la tête en bas tu me donnes le vertige !

— Peut-être, mais pour moi c'est très agréable, rétorqua-t-il. Mes idées circulent mieux et ça me permet de voir les choses autrement, tu devrais essayer à l'occasion.

Et puis quoi encore ?

— Nox ! gronda-t-elle. La suite, s'il te plaît ! Où devons-nous aller ?

— Il ne nous reste que la dernière étape. Ma magie est encore trop faible pour nous aider à l'atteindre rapidement, nous nous débrouillerons donc par nous-mêmes.

— C'est-à-dire ?

— En premier lieu, nous avons besoin d'une barque abandonnée, mais en état de flotter.

— Elle nous mènera où ?

— Chaque chose en son temps. Allez, jeune fille, mettons-nous en quête d'un joli petit bateau.

Il s'éloigna à tire-d'aile avant de redescendre au bord de l'eau, à la recherche d'une embarcation cachée par les roseaux.

Prunelle soupira. Elle aurait bien aimé davantage d'explications, mais descendit le talus pour inspecter les lieux elle aussi.

Ses chaussures à la main, les pieds dans la vase, elle arpenta la rive sans succès, un peu lasse, jusqu'à ce que Nox revienne vers elle.

— J'ai trouvé la perle rare ! À peine abîmée, et d'une belle couleur bleue, idéale pour passer inaperçus.

Elle leva les sourcils, intriguée.

— De qui devrions-nous nous cacher ? Plus personne n'est à nos trousses, que je sache.

— En effet, mais imagine que Roc et Levain furètent par ici quand ils seront rétablis et que quelqu'un leur dise : « Ah oui, j'ai vu une jeune fille et une chauve-souris sur le fleuve. » Cela les remettrait sur notre piste, non ?

Très juste !

Il repartit à vive allure avant de faire du surplace au-dessus du tronc d'un arbre mort qui masquait une barque en piteux état et deux rames en partie vermoulues.

Prunelle se hâta de le rejoindre et fit la grimace.

— Tu es sûr qu'elle peut flotter ?

— Oui, d'autant que nous n'allons pas loin. Allez, pousse-la dans l'eau !

— Attends, dis-moi d'abord où nous allons, s'obstina-t-elle.

— *Tss-tss,* tu le sauras bientôt.

Elle avait eu son compte de mystères !

— Dans ces conditions, je ne bouge pas ! décréta-t-elle, les mains sur les hanches.

Il poussa un soupir, l'air embarrassé.

— Eh bien, figure-toi que…

Il s'interrompit pour venir s'accrocher, tête en bas, à la fine branche d'un bambou, à hauteur du visage de Prunelle.

— … nous nous rendons sur l'île des Pustuleux, conclut-il.

Prunelle ouvrit la bouche, interdite.

Pendant quelques secondes elle hésita. Devait-elle prendre ses jambes à son cou ou se donner des claques pour se réveiller de ce cauchemar ?

16

D'un ton définitif, Prunelle s'écria :

— Jamais !

Nox joignit ses deux ailes d'un geste suppliant.

— Tu ne peux pas renoncer si près du but ! Songe à ce qui t'attend si tu ne m'accompagnes pas ! Et cette île, ce n'est pas du tout ce que tu crois ! Laisse-moi te…

— Tais-toi ! lâcha-t-elle avant de s'éloigner de quelques pas.

Face à l'Astragave, elle s'efforça de respirer lentement pour retrouver son calme.

Se réfugier sur l'île des Pustuleux ? Vraiment ? Comment pouvait-il lui proposer une chose pareille ?

Cette île, même si elle ignorait jusque-là où elle se situait, Prunelle en avait souvent entendu parler. On y expédiait les victimes de la pustulente infectieuse, une horrible maladie, contagieuse et incurable, qui touchait Éclaireurs et sorcerelles. D'affreuses pustules se répandaient sur leur corps, gagné par une forte fièvre, et la fatigue les clouait au lit pendant des mois, parfois des années, avant que mort s'ensuive. Sans compter que leur magie était réduite à néant, pour toujours.

Hélas, personne n'était jamais parvenu à guérir ce fléau. Alors, pour éviter l'épidémie, on confinait tous les malades au même endroit, sur l'île des Pustuleux. Ils ne risquaient pas de s'en évader car au fil des jours, une marque en forme de croix renversée, noire et indélébile, apparaissait sur leur front. C'était sans doute un sort ancien, associé à la maladie par un sorcier prudent qui craignait que les malades s'échappent et répandent l'infection. Ainsi marqués, ils étaient condamnés à demeurer sur ce petit bout de terre au milieu de l'Astragave.

Et c'était à cet endroit que Nox voulait l'expédier, une terre isolée peuplée de morts-vivants contagieux ? Un enterrement de première classe, belle idée, merci beaucoup !

Elle secoua la tête plusieurs fois, dépitée, le regard perdu sur les eaux vertes, boueuses par endroits, qui dansaient devant elle. La main en visière, elle scruta le fleuve de part et d'autre, en vain. Où pouvait bien se trouver l'île en question ? Pas dans les parages, en tout cas.

La chauve-souris, pourtant, avait affirmé qu'ils n'allaient pas loin. À croire que, là aussi, elle ne lui disait pas toute la vérité !

Elle demeura ainsi un long moment, déçue et contrariée, sans savoir que faire ni où aller, avant de pousser soudain un cri surpris : Nox venait de surgir à quelques centimètres à peine de son nez, les ailes fébriles.

— Tu dois m'écouter, je t'en prie ! s'écria-t-il.

Elle tenta de le repousser d'un geste de la main, mais il tint bon.

— Cet endroit n'est pas du tout ce que tu imagines, crois-moi. Et la pustulente non plus ! Contrairement à ce qui se raconte, on en guérit en quelques mois. Les anciens malades ne peuvent en témoigner, puisqu'ils restent sur l'île à cause de cette horrible croix sur leur front.

— Ça ne change rien, je ne veux pas attraper cette cochonnerie !

— À quand remontent les derniers cas dont tu as entendu parler, dans le comté ?

— Je ne sais pas, deux ou trois ans, admit-elle.

— Exactement ! Il s'agissait d'un jeune couple qui se porte très bien aujourd'hui ! Conclusion, tu ne risques rien. Et si un nouveau malade arrive, il sera mis en quarantaine le temps nécessaire, avec toutes les précautions d'usage.

Elle ne dit mot, les arguments de Nox faisaient leur chemin dans son esprit.

— Mais l'île des Pustuleux présente surtout deux avantages majeurs, précisa-t-il d'un ton gourmand.

— Arrête de jouer les mystérieux, répliqua-t-elle, parle !

— Premièrement, personne, je dis bien personne, n'y accoste, si ce n'est les malades. Ils sont amenés par un Éclaireur qui les largue sur une crique et s'en va vite, par crainte de la contagion. Deuxièmement, plus intéressant encore, l'île est... invisible ! Comme si elle n'existait pas ! Autrefois, lorsque l'épidémie faisait rage, les Éclaireurs ont estimé que c'était une bonne idée pour calmer l'inquiétude de la population : on oublie plus facilement ce qu'on ne voit pas ! Au point qu'aujourd'hui presque tout le monde ignore son emplacement, et ceux qui s'en souviennent ne s'en soucient plus. De toute façon, c'est le dernier endroit où on viendrait chercher quelqu'un, les vieilles croyances ont la vie dure, la contagion fait peur, toujours ! Et c'est là que je me suis abrité, ne sachant où me réfugier, lorsque je me suis retrouvé dans ce piteux état.

Il pointa un doigt sur leur gauche.

— L'île est là, pas très loin, au milieu du fleuve.

— Comment font les bateaux pour l'éviter ? murmura Prunelle, incrédule.

— Le courant magique les empêche d'approcher, tout simplement. Il est levé lorsqu'un malade doit débarquer, par exemple.

La jeune fille resta muette. Les explications de Nox étaient convaincantes.

— Tu aurais quand même pu m'en parler avant, remarqua-t-elle enfin.

— Tu ne m'aurais jamais suivi, avoue !

— Non, sans doute, consentit-elle. Mais qui sont les gens qu'on doit retrouver là-bas ? D'anciens malades ?

— Pas seulement. Il y a aussi des gens comme toi, qui désirent exercer une autre magie que celle à laquelle ils sont assignés.

Ce dernier argument était le bon : les yeux de Prunelle brillèrent, elle avait hâte de rencontrer ses semblables !

— Allez, en route matelot ! ordonna Nox. C'est le moment, il n'y a pas d'autres bateaux à proximité, on ne nous remarquera pas.

Sans plus d'hésitation, la jeune fille mit la barque à l'eau, grimpa dedans et donna de vigoureux coups de rames qui la propulsèrent plus au large.

— Comment peut-on se repérer, puisqu'on ne voit pas l'île ? demanda-t-elle.

— Pendant que tu boudais, tout à l'heure, je suis allé prévenir mes amis de notre arrivée, l'informa Nox, qui volait à ses côtés. Mets le cap à l'ouest, on s'occupe du reste !

Après un court silence, il toussota.

— Encore une petite chose, chère Prunelle. L'île est une cachette rêvée, mais elle fait partie de Tendreval. À ce titre, elle peut tenter les Obscurs... Pour eux, tout territoire du comté est bon à conquérir. D'autant que ton père, qui craint la maladie, n'y exerce aucun contrôle. Donc là comme ailleurs, nous devons tous être prudents.

Elle fronça le nez.

— Entendu mais... on ne peut pas reconnaître un Obscur, si ?

— C'est tout le problème, soupira-t-il. On ne les identifie qu'à leur magie répugnante, pétrie de cruauté. Si tu remarques quoi que ce soit de suspect, un sort douteux, parle-m'en !

Il avait l'air vraiment inquiet. Il exagérait sûrement le danger mais elle le rassura d'un sourire et se promit d'être vigilante.

Puis, les yeux plissés à cause du soleil, elle s'enquit :

— On arrive bientôt ?

— Tu vois cette bouée bleue ? Fonce dessus !

Après cinq minutes d'efforts supplémentaires, sous les encouragements de Nox, elle atteignit la bouée. Il était temps, l'une des deux rames était sur le point de se briser.

— Et maintenant ? cria-t-elle, en nage.

— Pied à terre ! s'exclama-t-il, joyeux.

Pied à terre ? Impossible. Autour d'elle, de l'eau, rien que de l'eau, une eau profonde et tournoyante dans laquelle elle s'enfoncerait, engloutie par l'Astragave.

— Sûrement pas, je risque de me noyer ! riposta-t-elle.

Il se plaça juste devant son visage, battant des ailes à toute allure.

— Prunelle, tu es arrivée, fais ce que je te dis ! ordonna-t-il.

Elle plongea son regard dans le sien, intense, et décida de lui faire confiance.

Elle se redressa dans la barque qui tanguait fort. Elle en enjamba le bord tant bien que mal pour chercher le sol invisible du bout de sa chaussure...

17

... Et le trouva !

Elle était si soulagée d'avoir échappé à la noyade qu'elle tomba à genoux sur l'épais sable gris.

— Bienvenue, Prunelle ! s'exclama Nox, au-dessus d'elle.

Elle se releva et souffla fort. Elle n'avait jamais été aussi heureuse de fouler la terre ferme. Elle tira sa barque sur le rivage et observa les lieux : elle était sur une plage délimitée par une rangée de gros rochers, derrière lesquels elle aperçut des pins penchés au gré du vent. Ils masquaient en partie des bâtisses de pierre blanche.

Elle vit aussi deux personnes s'avancer vers elle à grandes enjambées, sur sa droite. Elle mit la main en visière pour ne plus avoir le soleil dans les yeux.

L'une des deux silhouettes lui semblait familière, sans qu'elle puisse poser un nom dessus.

Étrange… Méfiante, elle recula d'un pas vers la barque, prête à fuir en cas de besoin.

— Qui est-ce ? souffla-t-elle à Nox.

Il partit à leur rencontre au lieu de lui répondre. Immobile, sur ses gardes, Prunelle regarda s'approcher un homme grisonnant, grand et mince, et une femme assez forte, la tête auréolée d'épaisses boucles brunes.

Lorsqu'ils furent assez près pour qu'elle distingue leurs visages, elle murmura :

— Oh non, c'est pas vrai…

En face d'elle se tenait Aube, la sœur jumelle de Roc ! Sa tante qui lui avait enseigné la magie douce, des années d'apprentissage dont la jeune fille gardait un mauvais souvenir. Prunelle avait presque applaudi lorsqu'elle avait quitté le comté au bras de son nouvel amoureux.

Que faisait-elle sur l'île ? En quoi pourrait-elle aider Prunelle ? Et Nox, était-il au courant de leur lien de parenté ? Il lui avait pourtant dit avoir atterri par hasard dans son jardin, puis sauté sur l'occasion de secourir une « demoiselle en détresse », non ? Elle le chercha du regard, mais il volait plus loin, le dos tourné.

Il ne lui échapperait pas longtemps, il lui devait des explications !

Aube s'avança encore, les bras grands ouverts. C'était bien la première fois qu'elle réservait pareil accueil à sa nièce ! Celle-ci resta d'abord immobile, peu encline aux effusions, et frissonna malgré elle à la vue de la croix renversée sur le front de l'homme souriant qui l'accompagnait.

— Alors ma belle, tu ne me reconnais pas ? s'exclama Aube. Comme tu as changé ! Tu es aussi grande que moi, et encore plus jolie qu'avant !

Prunelle fit deux pas vers elle, bien obligée, et se laissa embrasser, un peu crispée.

Aube s'écarta avec douceur, ses mains potelées sur les épaules de la jeune fille.

— Je suis très heureuse de t'accueillir, et ne t'inquiète pas, tu ne cours aucun danger parmi nous.

Elle se tourna vers son voisin.

— Je te présente Mistral, lui et moi gérons l'essentiel de la vie sur l'île. Tu t'y sentiras bien, tu verras.

L'homme tendit la main à Prunelle. Elle hésita, il le sentit et retira la sienne.

— Je comprends, dit-il avec un sourire. Mais ne t'en fais pas, je vis ici depuis vingt ans et je suis guéri depuis fort longtemps. Il n'y a aucun malade parmi nous actuellement, même si nous portons cette ignoble marque sur le front. Tu t'habitueras.

— Mon petit Nox, viens me voir ! lança Aube en tendant un index.

Il vint s'y suspendre et elle lui caressa le dos.

— Tu t'es acquitté de ta mission de façon extraordinaire, le félicita-t-elle.

Ces mots firent bondir Prunelle. Les mains sur les hanches, elle se pencha pour s'adresser à la chauve-souris, le menton en avant :

— Une mission ? Nous ne nous sommes pas rencontrés par hasard, tu es venu me chercher, c'est ça ? Je m'en doutais !

Nox toussota, gêné.

— Ce n'est pas sa faute, ce sont les instructions que nous lui avons données, déclara Aube. Au cas où Roc mette la main sur vous deux, mieux valait que tu en saches le moins possible. Nox est un brillant Éclaireur et, même si sa magie a souffert de sa transformation, il est encore capable de résister à ton père. Pas toi, malheureusement.

Elle se tut un instant, avant de reprendre, une lueur malicieuse dans le regard :

— Si Nox t'avait dit « Viens, je t'emmène retrouver ta chère tante Aube », tu aurais refusé, n'est-ce pas ?

— Oui, j'avoue !

— Ça ne me surprend pas, tu m'as connue sous mon plus mauvais jour, mon enfant.

Elle crocheta son bras sous celui de la jeune fille.

— Viens, pour commencer tu vas faire un brin de toilette, enfiler des vêtements secs et te restaurer. Ensuite, tu te reposeras, la nuit a été très longue, tu dois être à bout de forces !

En l'entraînant avec elle, elle ajouta avec douceur :

— J'ai beaucoup à me faire pardonner, je le sais. Dès que tu auras trouvé tes marques, nous discuterons, toutes les deux. Et je te promets que tu ne regretteras pas de nous avoir rejoints, je m'y emploierai.

Prunelle se contenta d'acquiescer, espérant de tout son cœur que sa tante dise vrai.

18

Vêtue d'une tunique et d'un ample pantalon vert, rassasiée par une copieuse assiette de petits poissons frits, Prunelle dégustait une infusion d'algues piquantes du fleuve.

Elle était assise sur un banc devant une maisonnette d'un blanc étincelant, couverte de tuiles bleu foncé. Elle comportait une pièce unique, meublée d'une table, de chaises, d'une commode et d'un vaste tapis parsemé de confortables coussins. À côté d'un cabinet de toilette, une échelle abrupte conduisait à une niche sous le toit, où se trouvait un large lit garni d'un édredon fleuri. À un clou, Prunelle avait accroché la bourse en cuir, puis elle s'était passé autour du cou la chaîne à laquelle son cher médaillon était suspendu.

L'endroit était joli et confortable et, deux jours à peine après son installation, elle s'y sentait déjà chez elle.

L'île était grande, bien plus que Prunelle ne l'aurait soupçonné. Le jour de son arrivée, Mistral lui en avait déjà montré une partie, la plus peuplée, où fleurissaient des habitations semblables à la sienne. Il l'avait aussi conduite face à une large bâtisse à étages, en plein centre, nommée la Bergerie, où vivaient les anciens malades. Le rez-de-chaussée était ouvert à tous, on y prenait les repas quand il faisait mauvais temps et les réunions importantes s'y tenaient. Juste à côté, sur la droite, se dressait une tour, dans laquelle on isolait les nouveaux venus atteints de la pustulente, jusqu'à leur guérison.

— Elle est vide depuis bien longtemps, avait précisé son guide.

Ils étaient passés devant un immense potager, et un verger au moins aussi vaste.

— La plupart d'entre nous y travaillent. Nous n'utilisons pas la magie pour nous nourrir, sauf si c'est indispensable, en cas de mauvaises récoltes, par exemple, expliqua Mistral. Tu t'en doutes, les règles magiques sont identiques à celles du comté : seulement en cas de nécessité, et pas de magie noire, évidemment. Ah, un détail tout de même : ici, il n'y a pas de sorcerelles, mais des Éclaireurs et des Éclaireuses, qui pratiquent magie douce ou forte, comme bon leur semble.

— Le rêve, avait approuvé Prunelle. Cela devrait être le cas partout!

À plusieurs reprises, sur les bas-côtés, elle avait remarqué de beaux buissons violacés que plusieurs hommes déracinaient avec vigueur. Comme elle s'en étonnait, il lui expliqua:

— Ce sont des arbres à Vénum, ils poussent en abondance sur l'île. Ils donnent des baies noires dont raffolent les Obscurs, il paraît qu'elles renforcent leurs sorts. Alors on les arrache, pas question d'attirer ces horribles sorciers chez nous!

En chemin, ils avaient croisé de nombreux insulaires, la plupart marqués d'une croix renversée. Tous les avaient salués, avec une parole de bienvenue. Prunelle, à chaque fois, leur avait souri en retour, un peu intimidée.

Une fois terminée cette visite des lieux, en fin d'après-midi, elle était rentrée se reposer.

À son réveil, elle avait découvert avec stupéfaction qu'elle venait de dormir plus d'une trentaine d'heures, le temps pour son corps épuisé de retrouver toute son énergie.

La tisane revigorante qu'elle savourait, sous la caresse du soleil, achevait de la réveiller tout à fait.

La jeune sorcerelle s'étira avec plaisir et aperçut sa tante qui avançait d'un bon pas dans sa direction. Elle se leva, rentra poser sa tasse vide et partit à sa rencontre, le cœur battant. L'heure des explications avait sonné, et surtout, espérait-elle, celle du retour de sa magie!

— Viens, je connais un endroit où nous serons tranquilles, suggéra Aube.

Elles s'éloignèrent pour gagner un chemin sablonneux qui serpentait vers une forêt de pins.

— Tu es bien installée ? s'enquit Aube en s'enfonçant sous les premiers arbres.

— Oui, vraiment. On m'a apporté une grande malle pleine de vêtements, la plupart sont à ma taille.

— Tu ne manqueras de rien. Chacun aura à cœur de t'accueillir, nous savons que ceux qui nous rejoignent ont traversé des épreuves pénibles eux aussi. Cette île est une terre d'asile pour les personnes qui, comme toi, sont persécutées parce que leur pratique de la magie est jugée déviante. Certains restent, d'autres s'envolent vers des comtés voisins. En ce moment, il y a soixante-douze anciens malades, et trente et une personnes dans ton cas.

— Je n'ai pas revu Nox, où se cache-t-il ?

— Lui aussi était à bout de forces, le pauvre. Il dort encore dans le grenier d'une grange isolée, au calme. Un long sommeil favorisera le retour de ses pouvoirs magiques.

Elles bifurquèrent sur un sentier plus étroit avant de déboucher sur une clairière nimbée de lumière. En son centre, trônait un rocher en forme de goutte d'eau, énorme, la pointe tendue vers le ciel.

Aube posa une main sur la pierre. Du regard, elle incita Prunelle à l'imiter, puis prononça, solennelle :

— Ce lieu est enchanté depuis la nuit des temps. Lorsque la pierre sera chaude, seule la vérité sortira de nos bouches. De la sorte, tu seras certaine de pouvoir me faire confiance.

Elles restèrent l'une en face de l'autre, les yeux dans les yeux, jusqu'à ce que leurs paumes deviennent presque brûlantes. Alors, seulement, elles s'écartèrent du rocher pour s'asseoir dans un carré d'herbes folles.

— Demande-moi ce que tu veux, Prunelle.

La jeune fille n'eut pas besoin de réfléchir.

— As-tu l'intention de prévenir Roc de ma présence ?

— Non, bien sûr que non, répondit Aube, une lueur douce dans le regard.

Ces mots firent un bien fou à Prunelle, dont le dos et les épaules se décontractèrent enfin.

— Comment as-tu appris ce que j'avais fait ? Et que Roc voulait me punir ? demanda-t-elle ensuite.

— Nous disposons de nombreux sympathisants dans le comté, des gens qui nous préviennent lorsqu'ils découvrent qu'une jeune fille s'essaie à la magie forte, par exemple. Ton amie Nuée en fait partie. Elle a alerté Buisson, l'un de nos fidèles Éclaireurs. Il m'a aussitôt envoyé un canard sauvage porteur d'un message d'alerte.

— Nuée fait partie de vos sympathisants ? s'exclama Prunelle, incrédule. Pourquoi ne m'en a-t-elle jamais parlé ? Et comment a-t-elle appris votre existence ?

— J'ignore à quelle occasion elle a rallié nos rangs, je sais juste qu'elle est des nôtres.

C'est donc à Nuée qu'elle devait sa liberté... Prunelle, stupéfaite, en avait les larmes aux yeux. Revoir son amie, la prendre dans ses bras, c'est l'une des premières choses qu'elle ferait si un jour elle rentrait chez elle !

— Tu lui as dit que tu voulais parler à ton père, alors elle s'est inquiétée pour toi. Une fois prévenue, j'ai demandé à Buisson d'être vigilant. Dès qu'il a appris le retour de Roc et Levain, il m'a alertée. Nox, qui s'abrite chez nous depuis quelques semaines, s'est porté volontaire pour te secourir. J'ai pensé qu'il serait plus discret que n'importe quel Éclaireur, et tu connais la suite.

Prunelle hocha lentement la tête.

Buisson devait être ce garçon au béret vert qu'elle avait aperçu à deux reprises non loin de chez elle, à Osticoul.

— Que veux-tu savoir d'autre ?

— Nox m'a dit qu'ici je retrouverai ma magie, c'est... c'est vrai ?

Aube fit entendre un rire léger.

— J'y compte bien !

— Comment est-ce possible ? Mon père me l'a ôtée, lui seul peut me la rendre !

— Tu oublies une chose, mon enfant : nous sommes jumeaux, lui et moi, un sang identique coule dans nos veines, une même magie... Alors cela me demandera quelques efforts, mais je suis sûre de pouvoir reconstruire ce qu'il a détruit.

— Il ne le saura pas ?

— Je l'ignore, je n'ai jamais tenté ce genre d'expérience, mais ça vaut le coup, non ?

— Oui ! Et… merci beaucoup !

— De rien, ma grande, je te dois bien ça. Il est temps de me faire pardonner… j'ai été très dure avec toi par le passé, j'en suis consciente.

Dure, oui, c'était le moins qu'on puisse dire, et la jeune fille se contenta d'une petite moue.

— À ce sujet, poursuivit Aube, je souhaite te donner quelques explications.

19

— Tout remonte à la mort de Rosée, ta pauvre maman, commença Aube.

Prunelle se redressa aussitôt, vivement intéressée.

On parlait peu de sa mère à la maison. Roseau, tout comme elle, ne s'en souvenait pas. Levain, plus âgé, affirmait au contraire en avoir gardé de nombreux souvenirs. Quant à leur père, il mentionnait parfois Rosée, rapidement, pour souligner ses qualités, ou à quel point l'un de ses enfants lui ressemblait, mais cela s'arrêtait là. Et sa disparition n'était presque jamais évoquée.

— On t'a raconté les circonstances tragiques de son décès, n'est-ce pas ? demanda Aube.

— Oui, elle a été frappée par la foudre alors qu'elle traversait le pré aux Vœux. Elle se rendait chez un éleveur de chevaux, elle voulait une nouvelle jument.

Aube acquiesça.

— La rumeur a couru que ta mère avait été imprudente, qu'elle s'était arrêtée trop longuement dans le pré pour prononcer un vœu, mais je n'y crois pas. Ce n'était pas quelqu'un de futile. Je suis sûre au contraire qu'elle se pressait pour échapper au mauvais temps.

Elle soupira avant de continuer :

— Toujours est-il que ton père est parti à sa recherche lorsque l'éleveur, inquiet de ne pas voir Rosée, l'a prévenu. C'est donc Roc qui a trouvé le corps sans vie de sa femme, à la tombée du jour. Il est resté là-bas toute la nuit, seul sous des rideaux de pluie, totalement effondré.

La jeune fille frémit, le cœur serré. Ces terribles détails, elle les ignorait.

Aube poursuivit, le regard triste.

— En partant, il m'avait demandé de veiller sur vous, ce que j'ai fait. Au petit matin, n'y tenant plus, je vous ai laissés sous la garde d'une amie et je me suis lancée à sa recherche. Je n'ai pas tout de suite pensé au pré aux Vœux, ce n'était pas le chemin le plus court, mais le plus joli, en revanche. J'ai fini par faire le détour, au cas où. J'ai vu mon frère de loin, debout, les bras tendus vers l'orage qui grondait. Il le maudissait, il criait et pleurait à la fois, c'était déchirant.

Sa voix s'était brisée sur ces derniers mots.

Elles se dévisagèrent, aussi émue l'une que l'autre.

— Lorsqu'il m'a aperçue, il est tombé à genoux, et j'ai voulu courir le rejoindre. Il m'a stoppée en faisant de grands gestes avec les bras, puis il a crié : « N'approche pas ! Laisse-moi seul avec elle ! Je ne veux voir personne, tu m'entends, personne ! » J'ai distingué une forme inerte à ses pieds et j'ai compris que c'était ta mère. J'ai fait quelques pas dans leur direction, mais Roc m'en a empêchée avec un sort que je n'ai pu contrer. Il préférait être seul pour pleurer sa femme… Je suis restée un bon moment à la lisière du pré, immobile, désespérée, et j'ai fini par rentrer auprès de vous.

Elle secoua la tête, l'air désolé.

— Il n'est revenu qu'après plusieurs jours. Il s'était occupé d'enterrer ta mère, puis de construire un petit dôme de pierres en guise de mémorial. Après ça…

Elle s'interrompit et tendit une main vers Prunelle, qui la saisit.

— Après ça, donc, plus rien n'a été comme avant. Roc était anéanti, il ne quittait presque pas sa chambre et ne vous accordait plus d'attention. On l'entendait souvent sangloter ou vociférer, c'en était effrayant. Son deuil a duré un peu plus d'une année, pendant laquelle je me suis occupée de vous en gérant au mieux les affaires du comté à sa place.

La jeune fille restait bouche bée. Ce récit, nouveau pour elle, était bouleversant. Elle ne savait pas que son père avait souffert à ce point, ni que sa tante avait joué un rôle si important.

— J'étais heureuse et fière, tu sais, de vous apporter mon soutien. Vous étiez adorables, tous les trois, et courageux. Les Éclaireurs de Tendreval y mettaient du leur aussi, ils me respectaient, soutenaient mes décisions, et tout se passait bien. À cette époque, figure-toi que personne ne voyait d'inconvénient à ce que des sorcerelles se mêlent de magie forte. Beaucoup en étaient capables, peut-être l'étions-nous toutes, mais certaines seulement en éprouvaient le besoin. C'est sans doute pareil aujourd'hui. Et même si nous n'étions pas élevées au rang d'Éclaireuses, notre contribution était appréciée.

Prunelle la regardait avec des yeux ronds, incapable d'imaginer pareille situation. Comme les choses avaient changé, depuis...

— Une autre époque, n'est-ce pas ? commenta Aube. Ta mère elle-même se livrait à la magie forte, tu sais, avec de belles réussites !

— Quoi ? lâcha Prunelle, interdite.

Aube hocha la tête sur un long soupir.

— Oui, elle était douée, et elle serait très fière de toi aujourd'hui.

La jeune fille sourit, cette idée lui faisait chaud au cœur.

— Ton père a fini par reprendre le dessus, peu à peu, et il est redevenu le père aimant que tu connais. Il a aussi retrouvé sa place de chef incontesté du comté, acclamé par toutes et tous, sorciers ou non. Je me suis effacée sans problème, satisfaite de reprendre le cours de ma vie, tout en lui proposant de lui apporter mon aide, et là...

Elle fixa le ciel un moment, tristement, comme pour le prendre à témoin.

— ... là, j'ai compris qu'il avait changé, du tout au tout. Mon frère était devenu un autre homme. Et ma vie a basculé, ainsi que celle de bien d'autres sorcerelles.

20

À cette étape de son récit, Aube se leva pour se dégourdir les jambes et cueillir quelques mûres bien noires.

Prunelle s'allongea dans l'herbe, songeuse. Dire qu'elle avait détesté sa tante pendant des années... et voilà qu'elle la découvrait bienveillante, le cœur sur la main, debout face aux épreuves ! Mais que s'était-il passé ensuite pour qu'elle devienne si dure, en particulier avec elle ?

Aube revint s'asseoir, les mains pleines de fruits dans lesquels sa nièce piocha avec appétit.

— De retour aux affaires, Roc a convoqué les Éclaireurs et les sorcerelles du comté, sur la grande place des Pépidoules. Là, devant l'assemblée stupéfaite, il a annoncé que désormais chacun s'en tiendrait à son rôle. Aux sorcerelles la magie douce, et aux Éclaireurs la magie forte, sans exception possible. Les protestations ont jailli de toutes parts ! Jusque-là, nous étions libres de pratiquer la magie que nous souhaitions, alors on ne comprenait pas cette soudaine décision. Si bien que je me suis levée et, au nom de toutes et tous, je l'ai sommé de s'expliquer.

Elle prit le temps de savourer à son tour quelques mûres avant de continuer, sous le regard impatient de Prunelle.

— Il a pâli, crois-moi, et serré les dents. Visiblement il n'avait pas envie de se justifier, mais il n'avait pas le choix. Nous étions nombreux à nous être mis debout, on attendait sa réponse.

— Vas-y, dis-moi, la pressa la jeune fille.

— Il nous a parlé de ta mère et, de pâle, il est devenu rouge. Sa voix vibrait sous l'effet de la colère. Il nous a raconté que lorsqu'il l'avait découverte, dans le pré aux Vœux, il avait tout tenté pour la ranimer en vain, et qu'au contact de son corps il avait senti qu'elle avait usé de magie forte pour tenter d'éloigner la foudre. « Une erreur d'amateur ! » a-t-il rugi devant nous, en brandissant le poing. « Les Éclaireurs savent que les éléments naturels sont plus forts que nous, qu'on ne peut les vaincre ! Et qu'à vouloir les contrer, on ne fait que les attirer et les rendre plus violents. Voilà pourquoi ma femme est morte ! Elle a voulu jouer avec le feu et le feu s'est abattu sur elle ! Sans intervention de sa part, la foudre s'en serait pris à un arbre et Rosée aurait été épargnée ! »

Aube se pencha vers Prunelle.

— Ce n'est pas trop dur pour toi d'entendre parler de ces évènements ?

— Non, ça fait partie de mon histoire, continue.

— Quand Roc s'est tu, personne n'a osé réagir. On le comprenait mieux. Il parlait sous le coup de l'émotion, furieux que la magie forte ait causé la disparition de Rosée. Il en déduisait, bien sûr, que les femmes devaient s'abstenir d'en faire usage, pour leur propre sécurité. Il a repris la parole pour nous annoncer que désormais une loi punirait avec sévérité toutes celles qui désobéiraient.

— La fameuse loi à cause de laquelle j'ai failli être emmurée, murmura Prunelle.

— Exactement. Il a aussi déclaré que les hommes n'avaient pas à se mêler de magie douce, que c'était indigne de leur pouvoir, une insulte à leur force. Là, en revanche, il n'avait prévu aucune loi pour les sanctionner.

— Cela n'a pas empêché Roseau d'être chassé de chez nous !

— Oui, je suis au courant… Après l'instauration de cette loi, je suis longtemps restée en froid avec ton père, au point que je vous ai très peu vus, vous, les enfants. Jusqu'à ce qu'il me demande d'être ta professeure de magie douce, dans un geste de réconciliation.

Prunelle ne put retenir une grimace qui fit rire sa tante.

— J'ai accepté, il était temps de retisser les liens familiaux. Mais à ton contact j'ai vite compris que tu serais une sorcerelle très ordinaire, et cela m'exaspérait.

— Hein ? s'écria Prunelle, vexée.

— En revanche, la magie forte en toi ne demandait qu'à s'exprimer ! Je ne pouvais pas te le dire, ça me rendait folle de rage ! Tu avais le même talent que Rosée et tu étais privée du droit de l'utiliser, quelle injustice ! Ce n'est pas une excuse, juste la raison pour laquelle j'étais si désagréable avec toi, alors que tu n'y étais pour rien. Crois-moi, je le regrette.

Prunelle garda le silence, songeuse. Le décès de Rosée avait eu de lourdes conséquences sur leurs vies à tous… Si elle pardonnait aisément à sa tante, elle avait moins d'indulgence pour son père. À quoi bon faire peser son chagrin sur toutes et tous ?

— Dis, elle était comment, ma mère ? voulut-elle savoir.

— Une femme très intelligente, dotée d'un fort caractère et qui savait s'imposer face à Roc. Pour le choix de vos prénoms, par exemple, elle a eu gain de cause à chaque fois. Levain, parce qu'elle espérait que cet enfant inspirerait de grandes choses, Roseau, parce qu'elle le voulait résistant face à la tempête et pour toi…

Aube suspendit sa phrase, l'air malicieux.

— … Prunelle, car elle avait sûrement décelé la force de la magie dans le vert incroyable de tes yeux.

La jeune fille rougit, sensible au compliment.

— Une fois ma mission auprès de toi achevée, avec Argile, mon nouveau compagnon, nous avons décidé de trouver un lieu sûr pour accueillir celles et ceux que cette loi menaçait. Nous avons choisi cette île, un lieu maudit mais inoffensif, et nous ne le regrettons pas. Mistral, le chef des anciens malades, nous a accueillis volontiers, enthousiasmé par notre projet. À sa demande et à celle de nos pairs, j'ai pris un rôle de plus en plus important à ses côtés, ce qui n'est pas pour me déplaire. Et bien entendu, tu resteras aussi longtemps que tu le souhaiteras, Prunelle.

La jeune fille voulut la remercier chaleureusement, mais elle fut coupée dans son élan par un jeune homme qui déboula soudain dans la clairière pour s'arrêter, essoufflé, juste devant elles.

21

Le garçon, à peine plus âgé que Prunelle, marqua un temps d'arrêt à sa vue. Il leva légèrement les sourcils, l'air surpris, et la fixa quelques secondes.

Elle fit de même et lui sourit, d'instinct. Avec ses cheveux châtains en bataille, ses grands yeux bruns et ses joues rougies par la course, il avait vraiment une bonne tête.

— Eh bien, Galet, tu as perdu ta langue ? lança Aube.

— Oh, euh, non... Désolé ! Ils sont là, ils t'attendent !

— Déjà ? Formidable ! s'exclama-t-elle en sautant sur ses pieds. Au fait, je te présente Prunelle, elle est arrivée voici deux jours. Prunelle, voici

Galet, il est parmi nous depuis quelque temps. Tu ne l'as jamais croisé, il était chargé de relever nos paniers de crabes, au nord de l'île.

Il la salua de la tête, les joues plus rouges encore, Prunelle l'imita et tous trois prirent le chemin du village. La jeune fille était un peu déçue, elle avait d'autres questions à poser, sur sa magie, sur son avenir... Pourvu qu'elle en ait bientôt l'occasion !

— Que se passe-t-il ? demanda-t-elle.

— Trois d'entre nous sont partis récupérer une sorcerelle de Foulipan, au nord de Tendreval, expliqua Aube. Elle n'a pu cacher à ses proches la magie forte qui dormait en elle. Elle a aussitôt été enfermée à la cave, bâillonnée et ligotée, imagine un peu ! On a été prévenus par une voisine indignée, et on a lancé cette mission de secours la nuit dernière.

— On réussit presque à chaque fois, constata fièrement Galet. Peut-être qu'un jour nous serons assez nombreux pour constituer une armée et combattre Roc, notre ennemi juré !

Sa remarque était si spontanée que Prunelle éclata de rire, avant de lui glisser :

— Tu sais que c'est mon père ?

Il s'arrêta net et se plaqua les mains sur le visage.

— Hein ? Quoi ? Oh non... Je suis... Je suis désolé, je ne sais pas comment te...

— Laisse tomber, ce n'est pas grave, le rassura-t-elle.

Puis elle se tourna vers sa tante.

— Vous comptez vraiment vous mesurer à Roc ?

— Notre réseau agit déjà dans ce sens. Nous portons secours à qui en a besoin, mais nous tenons aussi des réunions clandestines, un peu partout dans le comté, auxquelles participent celles et ceux qui souhaitent du changement, sorciers ou non. Cela crée beaucoup d'allées et venues, surtout la nuit, ne sois pas surprise. En tout cas nos rangs grossissent, et si les Obscurs ne viennent pas semer la pagaille, nous espérons être bientôt assez nombreux pour forcer Roc à abroger cette loi. Si tout le comté est derrière nous, j'espère qu'il pliera. Sinon…

Elle n'acheva pas sa phrase, pensive.

Prunelle approuva de la tête. Elle ne voulait aucun mal à son père, mais il était temps que les choses changent. Peut-être même pourrait-elle prendre part à cette lutte !

— Bienvenue parmi nous, en tout cas, lui souhaita Galet, sans doute pour se faire pardonner. Tu verras, on est bien, ici.

— Tu viens d'où ?

— D'Ogadou, un petit village à l'est d'Osticoul. Contrairement à ma mère, mon père n'est pas sorcier, il est éleveur de cochons. Je l'aidais en menant des missions d'Éclaireur en parallèle, jusqu'à ce que…

Il s'assombrit soudain, avant de reprendre :

— Le jour de son anniversaire, j'ai voulu faire une surprise à ma mère. Sur un coup de tête, sans réfléchir, j'ai jeté un sort d'embellissement sur l'une de ses vieilles robes, un pur sort de magie douce, j'adore ça ! Jusque-là je m'y livrais discrètement, sans attirer l'attention. Sorcerelle elle-même, elle a compris que j'étais l'auteur de ces rubans et dentelles, et elle est devenue folle de rage au prétexte que je pratiquais la magie des filles, indigne d'un garçon à ses yeux. Elle a exigé que mon père me jette dehors, il s'est exécuté.

— Et comment as-tu atterri ici ?

— Mon père avait entendu parler du réseau, il a prévenu quelqu'un en douce et on est venu me chercher. Je ne le remercierai jamais assez, mais quand même, c'est dur…

Il avait l'air si triste qu'elle faillit glisser ses doigts entre les siens pour le réconforter, comme elle l'aurait fait avec Nuée.

Lorsqu'ils atteignirent les premières maisonnettes, Aube pressa le pas. Ils empruntèrent un chemin plus large, sur leur droite, qui menait à une place où se tenait un attroupement. À leur vue, les gens s'écartèrent et Prunelle aperçut d'abord une jeune femme, blonde et pâle, les traits tirés. La rescapée, sans doute. Un homme au visage mat, trapu, l'air fatigué lui aussi, avait passé un bras autour de ses épaules. Aube s'empressa de le rejoindre pour se serrer contre lui. C'était donc Argile, son compagnon.

Deux autres hommes se tenaient près d'eux, de dos. Lorsque le plus grand se retourna, Prunelle, incrédule, recula d'un pas, manquant perdre l'équilibre. Heureusement Galet, d'un bras sûr, la retint.

22

Roseau !

Son frère était là, devant elle. Ses yeux bruns pétillèrent de plaisir à sa vue.

Elle se jeta dans ses bras, muette, submergée par l'émotion. Pas une seconde elle n'avait songé qu'il puisse avoir trouvé refuge sur l'île, comme elle. Tremblante de joie, elle se serra contre lui. Jamais elle n'avait été aussi heureuse de revoir quelqu'un.

— Tu as l'air en forme, ma Prune, se réjouit-il. Je sais ce qui s'est passé, tu t'en es bien tirée, bravo !

Elle acquiesça, toujours incapable de prononcer un mot. Ils étaient ensemble, en sécurité ! Sa tante, qui les observait, lui adressa un clin d'œil complice auquel elle répondit d'un sourire béat.

— Tu seras bien, ici, et libre, surtout ! lui murmura Roseau.

— Comment es-tu arrivé sur l'île ? demanda-t-elle.

— Il y a quelques semaines, je me suis confié à Nuée, et sans m'en parler elle a prévenu le réseau. Je ne la remercierai jamais assez ! Après, tout a été très vite, le lendemain soir de la dispute avec Roc, j'ai accosté ici. Je pourrais partir vivre dans un autre comté, bien sûr, mais pour l'instant je préfère participer à la résistance qui s'organise.

Nuée, décidément, était leur bienfaitrice ! Une nouvelle fois, Prunelle se demanda comment la jeune fille en était arrivée à jouer ce rôle, puis elle s'écarta légèrement.

— Pour la magie douce, tu aurais pu me prévenir. Je t'aurais soutenu !

Roseau esquissa une grimace.

— Tu aurais surtout été obligée de choisir ton camp, d'un côté Roc et Levain, de l'autre, moi… Au passage, c'est Levain qui a alerté notre père à mon sujet. Il ne se doutait de rien… Je voulais pourtant m'expliquer, mais Levain m'a pris de vitesse et m'a dénoncé.

— Quoi ? Il m'a joué le même tour ! Trahis par notre propre sang, honte à lui ! Comment a-t-il pu devenir aussi mauvais ?

Roseau secoua la tête.

— Dans cette histoire, Roc vient quand même de faire fuir deux de ses enfants, ça devrait l'inciter à réfléchir, non ?

— Si seulement ! regretta Prunelle.
— Tu as rejoint l'île grâce à ce bon vieux Nox, c'est ça ?
— Vieux, mais encore frais, lança une voix au-dessus d'eux.
Ils levèrent la tête.
Nox était là, qui semblait avoir récupéré un peu de sa vigueur.
Faute de branchages à proximité, Prunelle lui tendit un index ferme pour qu'il s'y accroche. Il s'exécuta et elle fut surprise par sa légèreté.
— Nox, tu sais que tu ressembles à une vieille chaussette, dans cette position ? se moqua gentiment Roseau.
— Taratata, comme dit ma mère : « Que celui qui rit de toi se méfie, un jour son tour viendra ! »
Puis il s'adressa à la jeune fille :
— Ça y est, Aube t'a rendu ta magie ? demanda-t-il.
— Attends, moi aussi j'avais besoin de récupérer, je ne me suis réveillée que ce matin ! répliqua-t-elle, même si elle était pressée, vraiment, de retrouver ses pouvoirs.
— Oui, mais... le plus tôt sera le mieux, n'est-ce pas ? Et j'ai hâte de te voir exercer !
— Nox, toujours enthousiaste ! Ça fait plaisir, commenta Roseau. Et je suis d'accord avec lui.
Aube, qui venait de les rejoindre, s'exclama :
— Alors mes neveux, on parle déjà magie ? Ne t'inquiète pas, ma grande, on s'en occupe dès ce soir, quand la lune sera avec nous. D'ailleurs, il

me faudra un assistant... Roseau, Nox, vous en avez assez fait. Tiens, Galet, tu t'en chargeras, d'accord ?

Le jeune homme, resté en retrait, s'avança d'un pas.

— Oh... euh... je ne sais pas si je suis assez...

— Tu es très doué, et je sais que je peux me fier à toi ! À moins que Prunelle y voie une objection ?

Ce fut au tour de la jeune fille de bafouiller.

— Pas du tout, au contraire, enfin, je veux dire... ça me va très bien !

Galet, l'air à la fois soulagé et heureux, hocha la tête avant de s'éloigner d'un pas guilleret.

Elle le suivit du regard, jusqu'à ce que Roseau lance :

— Prune, tu sais déjà ce que tu feras, ensuite ? Rester ici pour nous prêter main-forte, ou partir t'installer ailleurs ?

Elle haussa les épaules, il était trop tôt pour le savoir.

Mais pour être honnête, elle aurait préféré une autre issue : rentrer à Osticoul accompagnée de Roseau, faire plier son père pour qu'il supprime cette loi prononcée sous l'effet de la colère et du chagrin, et qu'il accepte qu'hommes et femmes exercent la magie de leur souhait. Un rêve qui semblait inaccessible, mais auquel elle aurait du mal à renoncer.

— Laissez-la donc atterrir, il n'y a pas d'urgence, protesta sa tante.

— Toutefois, si je peux me permettre, plus tu progresseras en magie forte, plus tu pourras te rendre utile, ici ou ailleurs, constata Nox.

Prunelle acquiesça.

C'était bien son intention. Elle n'avait pas traversé cette épreuve pour se contenter de jeter des sorts de piètre qualité ou mal maîtrisés !

— Quel que soit l'avenir, je compte bien faire de toi une brillante Éclaireuse ! conclut Aube, en l'entraînant vers la Bergerie où les attendait la préparation du dîner commun.

Au mot « Éclaireuse », Prunelle eut l'impression que son cœur, enthousiaste, gonflait dans sa poitrine. Elle inspira une grande bouffée de l'air si frais de l'île. Sa tante avait raison, si tout se passait comme prévu, c'est ce qu'elle serait désormais.

Une Éclaireuse !

23

Le cercle parfait de la lune dispensait une lumière bienvenue. Prunelle, Aube et Galet longeaient le rivage l'un derrière l'autre sur un étroit sentier, en silence.

Comme chaque soir d'été, les habitants de l'île avaient partagé dehors, sur la grande place, le repas préparé par tous, surtout composé du fruit de leur pêche et des récoltes, arrosés de grands pichets d'eau épicée.

L'ambiance était chaleureuse, le dîner délicieux, et Prunelle ne remarquait déjà plus la croix sur le front des anciens malades. Beaucoup lui avaient adressé la parole, elle s'était vite sentie à l'aise. Plusieurs Éclaireuses et Éclaireurs étaient aussi venus discuter avec elle, très accueillants.

Alors qu'ils dégustaient une salade d'algues rouges, Roseau lui avait raconté le détail de sa fuite. À son tour, Prunelle avait relaté son aventure par le menu, puis elle s'était tournée vers Galet.

— Ton ancienne vie ne te manque pas trop ? avait-elle voulu savoir.

— Je pense tout le temps à mon père et mes petits frères ! À nos cochons aussi, surtout Lumière, ma favorite, si intelligente, et affectueuse !

La jeune fille avait eu l'air surpris et il avait ri.

— Je t'assure ! Je pouvais la monter aussi aisément qu'une jument, lui apprendre des tours, cacher des objets qu'elle était capable de retrouver, l'emmener se baigner à la rivière, m'allonger et poser ma tête sur son ventre... Je sais que ce n'est pas un animal enchanté, telle une biche ou une licorne, mais je la considérais comme une amie. J'espère que je la retrouverai un jour, et que ma mère ne l'aura pas transformée en jambon !

— J'avais une licorne, Aimée, avait soufflé Prunelle, alors je comprends ce que tu veux dire.

Après quelques gorgées d'eau épicée, il avait murmuré :

— Je ne sais pas très bien ce qu'Aube attend de moi, tout à l'heure... j'espère que je serai à la hauteur ! Comme mon père n'est pas sorcier, j'ai l'impression que mes dons sont limités. J'espère que vous ne serez pas déçues, toutes les deux.

— Bien sûr que non ! Si Aube croit en toi, c'est qu'elle a de bonnes raisons de le faire !

Touchée par le manque d'assurance du garçon, elle avait eu, encore une fois, envie de prendre sa main pour le réconforter. Elle se sentait proche de lui, ils étaient tous deux des réfugiés, réprouvés par leur famille, et ils faisaient face à un futur incertain.

Et il lui plaisait, avec son visage franc et doux à la fois. Sans compter son regard limpide, sa silhouette bien bâtie, ses joues qui rougissaient facilement et son air timide. Rien à voir avec Cuir qui avait occupé ses pensées de longs mois, elle se demandait bien pourquoi aujourd'hui. Arrogant, irréfléchi, si sûr de lui, un peu menteur... Elle avait fini par comprendre qu'il s'était rapproché d'elle pour pouvoir se vanter de côtoyer Roc qui, pourtant, ne l'appréciait pas ! Elle avait mis fin sans regret à leur relation, très superficielle. Galet n'avait rien de commun avec lui, elle était sûre que son père l'apprécierait !

Elle avait secoué la tête. Qu'est-ce qui lui prenait ? Elle ne reverrait peut-être jamais Roc, il fallait qu'elle se le mette dans le crâne ! Et ce n'était pas le meilleur moment pour s'attacher à quelqu'un, alors même que sa vie était soumise à tant de changements !

— On va y aller, les enfants, les avait soudain prévenus Aube, debout derrière eux, une main sur leurs épaules.

Ils s'étaient regardés, puis levés en même temps, leur cœur battant fort à l'idée de ce qui les attendait.

— On va s'arrêter ici, leur indiqua Aube après vingt bonnes minutes de marche.

Ils s'avancèrent sur une longue bande de sable qu'ils foulèrent avec plaisir, pieds nus. Le fleuve, plus calme qu'en journée, clapotait gentiment. L'air était doux, mais Prunelle frissonna.

— Tu as froid ? s'inquiéta Galet, en retirant déjà sa veste de toile.

— Non, c'est juste que…

Elle s'interrompit et se tourna vers sa tante.

— … je suis un peu inquiète. Comment va-t-on procéder ?

— Pour commencer, tu vas te détendre. Galet, toi qui es si doué en magie douce, je te charge de créer l'environnement le plus favorable possible pour ma nièce.

Il ouvrit des yeux ronds.

— Si doué ? Non, je…

— *Tss-tss*, le coupa-t-elle. Tu ne le sais pas, mais je t'ai vu à l'œuvre ! Les parterres de fleurs géantes ou en forme de cœur, autour de la Bergerie, c'est bien toi ? Et les ânes apprivoisés du jour au lendemain à l'autre bout de l'île ? Et les criques vaseuses transformées en plages de rêve ? Et toutes ces viandes grillées, le jour où la pêche n'avait rien donné ? Et le moral retrouvé de ce jeune homme, si triste à la mort de sa fiancée ? Ce n'est pas toi peut-être ?

— Si… pourtant je m'efforce d'être discret, souffla-t-il.

— Justement, répliqua Aube, les gens discrets sont souvent surprenants ! Alors à toi de jouer, mon garçon.

Il baissa la tête, gêné. Prunelle aurait parié qu'il avait rougi.

— Tu veux bien me donner tes deux mains ? lui demanda-t-il.

Elle s'exécuta et il les prit entre les siennes.

— Pense fort à des choses qui te sont douces et bonnes.

Elle obéit et le rythme de sa respiration ralentit peu à peu. Elle sentit ses pieds s'ancrer dans le sol et son cœur s'assagir.

— Si cela t'aide à te concentrer, ferme les yeux, proposa-t-il.

Elle le fit, et un grand sourire naquit bientôt sur ses lèvres. Comme c'était agréable de visualiser toutes ces choses « douces et bonnes » !

Ils restèrent un moment comme ça, plantés l'un en face de l'autre, dans une évidente harmonie, jusqu'à ce qu'il lui chuchote :

— Regarde...

Elle remarqua d'abord que la lune et les étoiles brillaient davantage, éclairant la plage d'une tendre lueur rosée. Le sable avait pris de multiples formes, au gré des pensées de la jeune fille. Galet l'avait sculpté à l'aide de la magie douce, pour lui donner la forme de végétaux exubérants, parés de larges fleurs. Et de tourterelles blotties les unes contre les autres ; de petits lapins, au loin, qui les observaient, leurs oreilles dressées ;

d'un arbre aux feuilles ciselées qui tendait ses branches vers le ciel, ou d'un moulin à vent plus vrai que nature. D'une licorne, aussi, allongée au bord de l'eau, qui couvait Prunelle des yeux. Et d'un cerf et d'une biche, accompagnés d'un faon aux pattes frêles, sous une cascade à laquelle ne manquait que le bruissement de l'eau. Derrière se dessinait la silhouette d'une jeune fille qui avait le profil de Nuée.

Incroyable !

Toutes ces créations, ces choses douces et bonnes qui lui avaient traversé l'esprit, semblaient réelles, sur le point de s'animer.

— Comment as-tu pu réaliser ça en si peu de temps ? s'émerveilla Prunelle, touchée.

Sans compter qu'elle se sentait apaisée, sereine, capable d'accueillir la magie de sa tante.

— Aube a raison, tu es très fort, déclara-t-elle à Galet, admirative.

Sans timidité cette fois, il la regarda droit dans les yeux. Elle le trouva très beau.

24

Le jeune homme s'écarta tandis qu'Aube, à son tour, prenait place devant Prunelle.

Elle entoura la nuque de la jeune fille de ses deux mains.

— Comme tu le sais, Roc n'a pas détruit ta magie, déclara-t-elle. Il l'a juste suspendue pour te la rendre dans un an. Elle est là, en toi, endormie.

Son regard intense rivé à celui de sa nièce, elle ajouta :

— Tout l'art consiste à éteindre le sort qu'il t'a jeté pour le remplacer par un nouveau, qui produira exactement l'effet inverse. Le danger étant...

Elle s'interrompit, les sourcils froncés par un effort invisible, avant de reprendre :

— … qu'il s'en aperçoive. La magie des jumeaux est identique, comme issue d'une même source. Si j'agis sur la sienne, il se peut que d'une façon ou d'une autre il en soit alerté.

Elle grimaça et sa respiration s'accéléra. Prunelle sentit une vague de chaleur s'emparer de son cou, puis de sa tête tout entière, mais elle ne broncha pas, très concentrée elle aussi.

— La solution consiste à te lancer, en même temps que j'opère, un sort de magie douce d'une telle puissance qu'il masquera mon intervention et empêchera Roc de la contrer. Et là aussi, Galet, j'ai besoin de toi.

Il s'approcha, prêt à intervenir.

— Cette fois, il ne s'agit pas simplement d'embellir notre environnement, précisa-t-elle, la voix tendue. Quand je te le dirai, tu enchanteras Prunelle avec toute la puissance que tu peux mettre en œuvre, quoi qu'il t'en coûte. Tu devras la baigner de magie douce.

Une expression inquiète s'afficha sur le visage du garçon.

— J'espère que j'en suis…

Elle le stoppa d'un geste brusque du menton.

— Tu en es capable, je le sais, c'est pour ça que tu es là.

Il acquiesça et ferma les yeux, les bras le long du corps.

— Prépare-toi à intervenir, lui ordonna-t-elle quelques secondes plus tard.

La chaleur, presque une brûlure désormais, avait envahi tout le corps de Prunelle, qui tanguait un peu.

— Maintenant ! cria soudain Aube.

Sous la violence du choc la jeune fille faillit tomber, retenue à temps par sa tante.

Chaque parcelle de son âme était atteinte par des intrusions brutales, comme si une armée de soldats miniatures la prenait d'assaut. Sans plus savoir si elle était éveillée ou non, consciente ou non, elle se mit à trembler. Même ses dents s'entrechoquaient.

Noyée par une déferlante d'émotions, elle peinait à respirer. La magie de Galet agissait, si bienfaisante que Prunelle s'en serait évanouie. Son esprit s'ouvrait, pour raviver des souvenirs oubliés, d'une douceur enivrante : sa mère qui la berçait, qui riait aux éclats, qui chantonnait en étendant du linge, qui lui racontait une histoire, qui lui souriait, qui l'embrassait avec tendresse, la consolait, lui chuchotait des mots doux... Le médaillon, qui ne la quittait plus, palpitait sur la peau de la jeune fille, comme si Rosée partageait ce moment merveilleux avec elle. Jamais Prunelle n'avait été à ce point inondée d'amour et des larmes de joie dévalèrent le long de ses joues.

Dans un bref éclair de lucidité, elle comprit que Galet avait choisi un sort d'amour immortel, le plus beau qu'on puisse souhaiter, qui rendait vie aux moments partagés avec les êtres chers disparus. Un sort de magie douce d'une puissance folle, preuve d'un grand talent.

Mais dans le même temps Prunelle subissait les attaques qu'Aube lançait contre la magie de Roc. C'était très douloureux. Il lui semblait que sa tête était prise en étau et qu'on essayait d'y faire entrer, de force, une multitude de petits cailloux, tandis qu'on en extirpait d'autres, plus gros.

La souffrance finit par l'emporter et la jeune fille tomba inanimée en écrasant deux des jolies tourterelles de sable rosé.

25

Lorsqu'elle revint à elle, Prunelle était entourée d'Aube et Galet, tous deux à genoux.

Le garçon poussa un énorme soupir de soulagement lorsqu'elle ouvrit les yeux. Sa tante lui sourit, mais la jeune fille lui trouva l'air préoccupé.

Elle s'assit, un peu étourdie, et se tourna vers Galet. Il avait le visage las de celui qui vient de tout donner, ce qui était sans doute le cas.

— Ma mère sera plus présente, désormais, grâce à toi. Ses traits, son visage, son regard, ses gestes, même son parfum... Je ne te remercierai jamais assez, je n'ai jamais vu un sorcier aussi doué, un vrai champion.

Galet se détourna, embarrassé par tant de compliments, mais il ne put s'empêcher de sourire.

Ils se levèrent et Aube laissa échapper un petit gémissement.

— Cette soirée m'a éreintée, et mon dos fait des siennes, constata-t-elle.

— Et toi, ton sort ? Il a... il a fonctionné ? lui demanda Prunelle, le cœur battant.

— Essaie, pour voir !

La jeune fille regarda autour d'elle. Que pouvait-elle construire, réparer ou guérir ? Elle n'eut pas besoin de réfléchir longtemps. Elle se planta devant sa tante, paupières closes. Là, elle fit le vide en elle avant de graver dans son esprit, en lettres de feu, les mots suivants : « dos soulagé, pour longtemps ». Elle sentit tout de suite la magie circuler de nouveau en elle, plus fougueuse encore qu'avant, puis s'échapper pour atteindre son but.

— Ça a marché ! hurla-t-elle, toute fatigue envolée.

— Très efficace, en effet, plus la moindre douleur, la complimenta Aube. Dès demain je te donnerai quelques conseils qui te permettront de gagner en précision et en puissance.

Prunelle hocha la tête, impatiente, cette fois, de recevoir son aide. Mais surprise, aussi, que sa tante ne manifeste pas plus d'enthousiasme. Lui cachait-elle quelque chose ?

— Dis, mon père ne s'est rendu compte de rien, n'est-ce pas ? lui demanda-t-elle tandis qu'ils se dirigeaient vers le sentier.

Le visage de sa tante s'assombrit.

— La magie puissante de Galet a masqué la mienne et j'ai pu substituer mon sort à celui de ton père. De ce point de vue-là, l'opération est un succès. Seulement, à la toute fin, j'ai entendu Roc t'adresser un message. Il a crié « Prunelle, tu es en très grand danger, prends garde à... », mais sa voix s'est éteinte, je ne sais pas de qui ou de quoi tu dois te méfier ! En tout cas je te le répète, ici, avec nous, tu es à l'abri de tout.

— Tu crois qu'il sait où je suis ? s'inquiéta Prunelle.

— Même s'il devine où nous sommes, Roc ne mettra jamais les pieds ici. C'est un homme fort et courageux, mais tu sais comme moi qu'il a une peur panique de la maladie, depuis toujours. Il ne s'occupe jamais des sorts de guérison, il craint trop la contagion, alors sur l'île des Pustuleux, imagine un peu ! C'est même l'une des raisons pour lesquelles on a choisi ce lieu comme refuge.

Prunelle ne dit rien. Elle pensait à Levain. Lui, il n'avait peur de rien. C'était lui, peut-être, contre qui son père voulait la mettre en garde. Son propre frère !

À moins que...

— Aube, tu... tu ne penses pas qu'il pourrait y avoir des Obscurs parmi nous, sur l'île ?

Sa tante s'arrêta net, imitée par Galet devenu bien pâle sous la lune claire.

— Prunelle, je ne peux pas te le garantir. Rien ne permet de reconnaître un Obscur, tu le sais, jusqu'à ce qu'il mette en œuvre sa magie malfaisante. Mais jusqu'à présent, personne ici n'a eu la moindre attitude suspecte, je crois que tu peux être tranquille. À mon avis, les Obscurs sont comme tout le monde, ils ont trop peur de la pustulente pour s'aventurer chez nous !

— S'il y en avait parmi nous, renchérit Galet, je suis persuadé que nous le sentirions, d'instinct.

Aube approuva de la tête et passa un bras rassurant autour de la taille de sa nièce.

— Ne t'en fais pas, ma grande, nous sommes vigilants. Sois sûre qu'à la moindre attaque de qui que ce soit, nous saurons comment réagir. Et c'est une raison de plus pour renforcer ta magie le plus possible, au cas où il nous faudrait nous défendre. Contre les Obscurs ou n'importe qui d'autre.

— Et tu peux compter sur moi en cas de besoin, Prunelle, murmura Galet.

Le regard sincère du jeune homme lui fit un bien fou. Plus elle le découvrait, plus elle l'estimait. Il était non seulement gentil et très doué, mais doté d'un grand cœur ! Courageux, aussi, et imaginatif.

Quant à la menace évoquée par Roc, même si elle n'avait aucun contour précis et peut-être aucune réalité, c'était une alerte qu'elle garderait dans un coin de sa tête.

Elle se retourna pour contempler une dernière fois les statues de sable et réalisa à cet instant qu'il lui manquait encore quelque chose pour se sentir tout à fait elle-même.

— Aube, penses-tu qu'Aimée, ma licorne, pourrait réapparaître ?

— Roc a dissous votre lien. Je crois que certains Éclaireurs d'exception parviennent à le renouer, mais pas moi. Je te souhaite de rencontrer un jour quelqu'un qui en sera capable.

La jeune fille baissa la tête, la gorge serrée. Ses doigts frémirent au souvenir du pelage si doux du bel animal et les larmes lui montèrent aux yeux. Elle ne verrait plus son regard tendre posé sur elle, elle ne sentirait plus sa tête sur son épaule, son museau au creux de sa paume. Adieu, les pointes de vitesse sur les chemins cachés, la complicité qui se passait de mots…

À moins de croiser un jour une personne capable de la rapprocher d'Aimée. Avec un peu de chance, cela se produirait !

Sa tante lui prit doucement le coude.

— En revanche, je peux t'offrir une nouvelle compagne. Une biche, pour changer ?

— Non, je te remercie.

Sa licorne n'était pas un jouet qu'on remplace parce qu'il est cassé, ou perdu. De toute façon, aucun animal enchanté ne serait à la hauteur de sa chère Aimée. Mais elles seraient réunies un jour, Prunelle voulait y croire.

Elle s'essuya les yeux d'un geste vif, elle avait repris espoir, et trouva une consolation supplémentaire au contact de l'épaule de Galet, qui frôlait la sienne.

26

Prunelle fut réveillée par des coups légers frappés à sa porte.

Elle ouvrit les yeux et se redressa sur ses coudes, désorientée. Il lui fallut de longues secondes pour reconstituer le puzzle des récents événements : sa fuite avec Nox, son arrivée sur l'île, Aube, Galet, ses retrouvailles avec Roseau, le souvenir ravivé de sa mère, et enfin sa magie revenue ! À cette évocation, elle poussa un soupir satisfait. Dès son retour dans la maisonnette, la veille au soir, elle avait de nouveau testé son pouvoir. Sous la table, deux lattes de plancher manquaient, idéal pour un sort de réparation ! Alors, malgré sa fatigue, elle les avait fait apparaître. Même si elles n'étaient pas exactement de la même couleur que les autres, elle les avait jugées parfaites.

Elle descendit l'échelle à la hâte, enfila une veste par-dessus sa longue chemise de nuit en coton fleuri et se colla à la porte.

— Qui est-ce ? demanda-t-elle.

— Le petit-déjeuner de mademoiselle, s'exclama Roseau.

Il posa sur la table un plateau garni de brioches encore chaudes, de pommes rouges et de deux verres de jus de norelle, un fruit doré qu'on ne cultivait que sur l'île.

— C'est Aube qui m'envoie, il est dix heures, elle t'attend dans une heure pour ton premier cours, sur la crique où tu as accosté. Bravo, d'ailleurs, pour le retour de ta magie.

— Je n'y suis pour rien ! constata-t-elle en s'asseyant, une brioche déjà à la main.

Roseau s'installa en face d'elle.

— Une heure, ça me laisse le temps de te parler de quelque chose, déclara-t-il.

Il but de longues gorgées de jus de fruit avant de poursuivre.

— Nous utilisons les canards sauvages pour communiquer avec le reste du comté. Roc ne se doute de rien : habituellement ces oiseaux ne sont pas des messagers et notre ciel en est rempli en permanence, alors un canard de plus ou de moins, personne ne le remarque. On leur lance un sort de magie douce pour leur indiquer notre destination, on attache notre message autour de l'une de leurs pattes et hop ! le tour est joué.

Sa sœur acquiesça, la bouche pleine. Elle l'écoutait avec plaisir, mais pourquoi lui racontait-il tout ça ?

— Cela nous permet d'organiser des réunions clandestines avec nos partisans ou des campagnes d'arrachage de ces horribles affiches qui rappellent la loi, et pas mal d'autres actions, poursuivit-il.

Il toussota, un peu gêné, avant de reprendre.

— Grâce aux canards, je suis en contact avec Nuée et, à ce sujet, j'ai quelque chose à t'apprendre.

— Pas de mauvaise nouvelle, j'espère ! s'inquiéta-t-elle.

— Non, pas du tout, au contraire.

Il passa une main dans ses cheveux bruns, aussi emmêlés que ceux de Prunelle.

— Voilà, elle et moi, nous… enfin…

— Oui, je sais, elle est amoureuse de toi depuis longtemps, malheureusement tu préfères que vous soyez amis. Je suis au courant. On se dit tout, avec Nuée.

Il se racla la gorge.

— Heu, non, pas tout, justement… Je l'aime moi aussi, depuis le début, mais nous avons décidé de garder nos sentiments secrets, personne n'est au courant.

Prunelle bondit sur sa chaise.

— Quoi ? C'est ridicule ! Pour quelle raison ? Comment avez-vous pu me cacher une chose pareille ?

Il soupira.

— Je veux exercer la magie douce depuis toujours, et j'ai su très tôt que cela poserait un problème avec Roc. Lorsque nous nous sommes rapprochés, Nuée et moi, j'ai compris qu'elle pourrait avoir des ennuis si un jour la situation tournait mal. Notre père aurait peut-être envie de la questionner, de lui demander de m'influencer ou, aujourd'hui, de lui faire dire l'endroit où je me trouve. Alors on a joué la prudence, à fond.

Sa sœur hocha la tête. Elle comprenait. Mais elle n'aurait jamais cru son amie, si spontanée, capable d'être à ce point discrète, pendant de longs mois !

— D'autant qu'elle fait partie de nos sympathisants, elle donne l'alerte quand quelqu'un risque de subir cette affreuse loi, compléta-t-il. Pas question de mettre sa mission en péril.

— Je l'ai découvert en arrivant ici. Comment en est-elle venue à jouer ce rôle ?

— Elle te le raconterait mieux que moi. Tu sais que Perle, sa mère, était sorcerelle, autrefois ?

Prunelle fit briller une pomme sur la manche de sa chemise de nuit.

— Oui, elle a renoncé à ses pouvoirs. Pour mieux se consacrer à son métier de pâtissière, je suppose.

Nuée ne lui avait que peu parlé de cette histoire, sauf pour regretter de ne pas avoir hérité du pouvoir de sa mère. Cela arrivait assez souvent dans les couples mixtes.

— En fait, Perle était très attirée par la magie forte, comme toi, et elle a eu peur d'être punie, continua Roseau. Elle a préféré abandonner toute magie, même douce, pour ne pas être tentée de braver la loi.

— C'est inhumain ! déplora Prunelle.

Mais cela ne lui coupa pas l'appétit et elle croqua bruyamment dans sa pomme.

— Nuée, reprit son frère, a trouvé ça terriblement injuste, et elle s'est juré d'essayer d'aider celles et ceux qui connaissaient les mêmes difficultés que sa mère. De fil en aiguille, elle est devenue sympathisante, elle donne l'alerte à chaque fois qu'elle est en présence d'un cas.

Le visage de Prunelle s'illumina d'un grand sourire.

Elle avait toujours adoré Nuée, voilà maintenant qu'elle l'admirait !

Roseau la dévisagea, inquiet.

— Tu ne nous en veux pas de t'avoir caché notre amour ?

— Pas du tout ! Mais je suis heureuse d'être dans la confidence. Et cette histoire de canard sauvage, ça m'intéresse, je vais lui écrire !

27

Une fois Roseau reparti, Prunelle fit une toilette rapide. Elle enfila ensuite une tenue un peu usée mais confortable, dénichée dans sa malle.

Dans un tiroir de la commode elle prit du papier et un crayon dont elle mordilla un moment le bout avant d'écrire :

« Ma Nuée, grâce à toi j'ai échappé à l'enfermement ! Je ne suis pas seule, comme tu le sais, et l'endroit est beau. Tous ces pins, ces criques, cet air frais et le fleuve, partout autour de nous... Je ne te remercierai jamais assez, tu es la plus belle des amies ! J'ai récupéré ma magie, sans restriction, quel bonheur, et je compte progresser. J'ai tellement hâte de te revoir ! TU ME MANQUES ! J'espère que tout va bien pour toi et que nous serons bientôt réunies. Je t'embrasse de tout mon… » et là, elle dessina un cœur.

Maintenant, elle avait besoin d'un canard sauvage. Ils étaient nombreux sur l'île, encore fallait-il en attraper un ! Mais puisque la magie lui était revenue, autant s'en servir.

Elle fit de la feuille un fin rouleau, s'empara d'un ruban dans le tiroir où elle avait déniché le papier et sortit. Elle salua de la main deux jeunes femmes marquées d'une croix qui lui sourirent en retour et, après deux secondes de concentration, elle pensa très fort « Que m'apparaisse un canard digne d'être un messager ! ».

Presque aussitôt un colvert se posa à quelques mètres et se dandina jusqu'à ses pieds.

— Que patte et message soient solidement liés, prononça-t-elle.

Ainsi fut fait.

Enfin elle murmura l'adresse à laquelle le volatile devait se rendre sans traîner :

— Nuée, pâtisserie *Le chou doré*, rue des Poulaillons à Osticoul.

Elle le regarda s'envoler, déjà pressée de recevoir des nouvelles en retour ! Son amie avait certainement une complice sorcerelle qui se chargeait d'expédier ses missives.

Prunelle parcourut ensuite d'un pas alerte le trajet qui la menait à la crique. Aube l'y attendait, assise sur le bord d'une vieille barque.

— Bien dormi, ma grande ?

La jeune fille hocha la tête.

— Par quoi commence-t-on ? demanda-t-elle.

— Par oublier ce que tu crois savoir de la magie forte ! répliqua sa tante.

— Pas grand-chose à vrai dire... Faire le vide en moi, me concentrer intensément sur ma cible, écrire mon sort en lettres de feu derrière mes yeux fermés, laisser la magie opérer.

— Hum, pourquoi pas, à condition de se satisfaire de résultats de faible envergure.

Même si c'était un peu blessant, Prunelle ne se formalisa pas, tout entière à sa soif d'apprendre.

— Tiens, montre-moi tes talents, transforme cette pauvre barque en fier voilier, suggéra Aube en se levant pour se rapprocher de sa nièce. Ce sera très utile pour ceux d'entre nous qui veulent partir vers un autre comté !

Prunelle s'exécuta, en tentant de déployer toute la vigoureuse magie qui vibrait en elle. Après quelques minutes d'effort, elle ouvrit les yeux.

Le bateau n'était plus échoué sur le sable, il dansait non loin sur les eaux vivaces de l'Astragave. Il était en excellent état, d'un joli vert tendre mais... ce n'était pas un voilier, juste une embarcation neuve, un peu plus grande qu'avant.

Elle esquissa une moue dépitée.

— Je ne comprends pas, jusqu'à présent...

— Jusqu'à présent, la coupa Aube, tu as réussi tous tes sorts, n'est-ce pas ?

— Euh… Oui.

— Sauf celui-ci ! Voilà ce qui s'est passé : comme toutes les sorcerelles qui s'exercent à la magie forte, tu as vu petit, parce que tu ne te sentais pas vraiment légitime, et parce que tu ne connaissais pas le principal atout des Éclaireurs. Tu as donc accompli avec succès des sorts de moindre portée : guérir mon dos, par exemple.

Prunelle songea à la dent de Nuée, aux quelques réparations effectuées en ville, à la modeste passerelle qui l'avait trahie…

— Tu as raison, mais c'est aussi parce que je ne voulais pas me faire remarquer, se justifia-t-elle.

— Les choses ont changé. À présent, tu n'as plus personne à craindre, et tu es une Éclaireuse. Pour la magie forte, tu peux utiliser tes pouvoirs autant que tu le voudras, sans limite, dans le respect de notre règle d'or : construire, réparer, guérir ou secourir. Et bien sûr, pratique autant que tu voudras la magie douce pour agrémenter la vie de ceux qui en ont besoin. Quant à la magie noire, jamais !

Sa nièce approuva ce rappel de la tête, impatiente de savoir quel était « l'atout principal » qui lui manquait.

— Tu connais la légende du nerf de Nectar, notre point faible ? la questionna Aube.

— Oui, c'est grâce à lui que nous avons neutralisé mon père et Levain.

— J'ignore si Astre et Nectar ont réellement existé, mais ce qui est sûr, c'est que ce nerf est aussi notre point fort. Voilà pourquoi j'ai posé mes mains sur ta nuque, hier soir. Ton père a paralysé ton nerf de Nectar, je l'ai réactivé.

Prunelle ouvrit de grands yeux surpris. Elle savait ce nerf sensible, mais elle ignorait qu'il commandait à ce point la magie forte... Un secret bien gardé par les Éclaireurs !

— Quand tu souhaites une belle efficacité, à la hauteur des sorts que tu ambitionnes, tu dois simplement appuyer dessus, même légèrement. Les Éclaireurs procèdent souvent ainsi, avec une telle discrétion qu'on ne s'en aperçoit pas. Tout un art !

La jeune fille souffla fort. Mais oui, à bien y penser, elle avait déjà vu à de nombreuses reprises des sorciers remonter le col de leur chemise, se passer la main dans les cheveux, ou dans le cou, juste avant que leur magie opère.

— Maintenant, tu sais l'essentiel. Un petit détail qui change tout ! Ensuite, tu dois visualiser ton objectif avec précision, ce qui demande une concentration à toute épreuve, en effet, avant de jeter ton sort en silence. En revanche les lettres de feu ne servent à rien, tu dois juste laisser la magie s'emparer de toi et agir ! Plus tu pratiqueras, mieux tu réussiras. Et si tes premiers résultats ne sont pas à la hauteur de tes espérances, ne t'inquiète pas : c'est normal, ton talent s'affinera avec l'expérience. Surtout, à partir de maintenant, vois grand !

— Avec plaisir !

— Prends bien le temps de réfléchir à tout ça. Quand tu te sentiras prête, demain, ou plus tard, lance-toi ! Je resterai à tes côtés, je veux voir ça !

Une lueur malicieuse éclaira le regard de Prunelle.

Pourquoi demain, pourquoi plus tard ?

À quoi bon attendre ?

28

Ses doigts palpèrent d'abord ses plus hautes vertèbres, à la base du cou. Ensuite ils remontèrent lentement juste au-dessus, au creux de sa nuque. Là, ils exercèrent une pression, légère d'abord, puis un peu plus forte, et soudain elle sut qu'elle y était: en plein sur le nerf de Nectar, prêt à l'emploi!

Elle sentit la magie crépiter en elle plus que jamais, et son médaillon se réchauffa. À croire que sa mère, même disparue, l'encourageait, grâce au sort de Galet!

Alors, debout face au vent léger, elle inspira tout l'air que ses poumons pouvaient contenir, se concentra en occultant ce qui risquait de la distraire – le clapotis de l'eau, l'air frais du matin, l'odeur du sable humide, le regard attentif de sa tante… – et imagina avec précision le résultat souhaité. Un grand résultat !

La tête parcourue de légers picotements, elle visualisa le bateau qu'elle rêvait de voir apparaître. Puis elle choisit des mots qu'elle ne prononça pas et frissonna lorsque la magie se mit en œuvre, dans toute sa force nouvelle. Une pure explosion d'énergie !

Une exclamation stupéfaite la tira de sa bulle et elle ouvrit les yeux.

Au beau milieu du fleuve, à la place d'une simple barque, se tenait un fier trois-mâts. Immense, si large et si long qu'il accueillerait sans peine la totalité des réfugiés de l'île des Pustuleux. Sa coque bleu nuit brillait au soleil et ses voiles, d'un blanc immaculé, frémissaient sous la brise. Il bougeait à peine, retenu par une ancre pesante enfoncée sous les flots.

Il était exactement tel que Prunelle l'avait imaginé ! Elle fut envahie par une bouffée de fierté qui lui coupa presque la respiration. Prête à crouler sous une avalanche de compliments, elle se tourna vers sa tante.

Les mains plaquées sur les joues, Aube resta muette de longues secondes, avant de s'exclamer, la voix étranglée :

— Annule ton sort, tout de suite !

Prunelle la dévisagea sans comprendre, alors Aube poursuivit, sur le ton de l'affolement :

— L'apparition du voilier a pu être vue de loin, par une foule de gens ! C'est comme si tu adressais un message à Roc : « Eh oh ! Les Éclaireurs et les Éclaireuses qui ont fui le comté sont là, sur l'île ! » Et pourquoi ne pas inviter les Obscurs, pendant qu'on y est ? Dépêche-toi d'annuler ton sort, je te dis !

— Je... je ne sais pas faire, balbutia la jeune fille, atterrée.

— Ah... oui, c'est vrai. Bon, concentre-toi, fixe ta cible en ne pensant qu'à elle, touche ta nuque assez fort et répète-toi en silence la raison pour laquelle ce bateau ne doit pas exister, jusqu'à ce qu'il disparaisse. Si c'est une bonne raison, ça fonctionnera. Et crois-moi, c'en est une ! Allez, vite !

Prunelle s'exécuta aussitôt, très tendue. Sans quitter son œuvre des yeux, elle se formula inlassablement « Ce bateau risque de trahir la présence des réfugiés. Ce bateau risque de... ». Pendant de longues minutes, il ne se passa rien. Son cœur inquiet cognait de plus en plus fort. Et si elle échouait ? Et si, à cause d'elle, Roc envoyait ses Éclaireurs pour traquer les fuyards, comme il le faisait avec les Obscurs ? Elle se raidit, secoua la tête pour évacuer ces pensées parasites et, peu à peu, le trois-mâts s'effaça avant de s'évanouir tout à fait.

Épuisée mais soulagée, elle se laissa tomber à genoux sur le sable, imitée par sa tante.

Elles se turent d'abord, le regard sur le fleuve.

— Lorsque je t'ai demandé de prendre le temps de réfléchir à tout ça, c'était une incitation à la prudence, murmura Aube. C'est ma faute, j'aurais dû être plus explicite : tu ne dois jamais mettre en danger qui que ce soit, à moins que ce soit absolument nécessaire. Garde toujours ça à l'esprit. Nous avons beau être à l'abri, ici, sur l'île, nous ne devons attirer l'attention à aucun prix !

Pas de reproche dans sa voix, c'était juste un constat.

Puis elle posa une main sur celle de Prunelle.

— Je dois te dire autre chose.

Elle se tut, l'air de chercher ses mots, avant de poursuivre :

— Ton trois-mâts... c'était une réussite au-delà de toutes mes espérances. Ta magie forte... Ta magie forte est surpuissante, bien plus que la mienne ou que celle de quiconque ici. Tu n'as pas besoin de mes leçons pour t'améliorer. À croire que tu as hérité du talent de tes deux parents réunis, c'est fou !

La jeune fille écarquilla les yeux, incrédule.

— Si, je t'assure, insista Aube. Je n'ai jamais rien vu de tel ! Ce voilier était parfait et il ne t'a fallu que deux ou trois minutes pour le créer. Et sans peine, visiblement. Tu es une Éclaireuse d'exception, je t'avoue que c'est troublant, à peine croyable.

— À ce point ? souffla Prunelle.

— Oh oui ! s'exclama une autre voix, juste derrière elles.

Nox venait de faire irruption devant elles.

— Que n'aurais-je donné pour voguer sur cette nef digne d'un prince ! ajouta-t-il avec emphase en exécutant un gracieux looping.

Prunelle réprima son envie de rire. Décidément, quelle drôle de façon de parler !

— Tu es fantastique, aussi douée que Roc ! Voire plus ! confirma-t-il.

— N'exagérez pas, tous les deux, répliqua Prunelle, rougissante. Ce voilier, c'est peut-être un accident, la chance du débutant.

— Bien sûr que non ! lâcha Aube. Je sais reconnaître l'extraordinaire quand je le croise ! Tu nous surpasses tous, et de très loin !

Elle se leva, la main en visière vers les pins penchés où une silhouette leur faisait des signes.

— Je vous laisse, Argile m'attend. Encore un immense bravo, ma grande, et dorénavant, prudence !

Prunelle lui sourit et reporta son regard sur Nox. Pouah ! Affalé sur le sol, les ailes écartées, il creusait le sable du museau avec ses griffes pour attraper des puces qu'il gobait goulûment.

Pas très élégant ! Dans cette position, il ne ressemblait plus à une vieille chaussette mais à un torchon sale qu'on aurait oublié là.

— Déjolé, je ne réjichte pas à ché p'tites bêtes, l'informa-t-il, la bouche pleine.

Puis entre deux prises, il lâcha :

— Si vous unissiez vos magies, ton père et toi, vous accompliriez des exploits !

— Mais oui ! s'exclama Prunelle, enthousiaste. On pourrait voir grand, améliorer la vie de chacun et de chacune dans tout le comté. Peut-être même écarter les Obscurs, définitivement !

Ses yeux étaient plus verts que jamais, brillants d'excitation. Aube et Nox disaient vrai, sa magie retrouvée était sans limite, elle le sentait au plus profond de son âme.

Son visage s'assombrit quand elle ajouta à mi-voix :

— Ce n'est pas près d'arriver... Roc n'a qu'une idée en tête, m'enfermer pendant douze mois, privée de tout !

— Je sais, jeune Prunelle, je sais, mais...

Il marqua une légère pause.

— Vois-tu, j'ai bien réfléchi, reprit-il, et j'ai peut-être une idée pour essayer d'arranger les choses entre vous.

Elle s'assit en tailleur devant lui, pressée d'en savoir plus.

— Souviens-toi, quand nous étions dans la grotte, je t'ai parlé de Dune, une vieille connaissance. Je t'ai dit qu'elle avait bien connu ton père, autrefois, avant ta naissance je pense. Je ne te l'ai pas précisé, mais elle était aussi très amie avec ta mère. Quant à eux deux, ils l'appréciaient beaucoup et, d'après ce que j'ai compris, son avis comptait beaucoup à leurs yeux.

Il suivit du regard une puce qui venait de lui échapper et reprit :

— De là à penser qu'elle pourrait intercéder en ta faveur, il n'y a qu'un pas, non ? Peut-être même serait-elle capable d'inciter Roc à changer d'avis sur les sorcerelles, on ne sait jamais. En tout cas ça se tente, n'est-ce pas ?

— Bien sûr que oui ! s'exclama la jeune fille. Contacte-la, tout de suite !

Elle s'y voyait déjà ! Grâce à cette femme, elle retrouverait sa vie, son père, bâtirait avec lui de beaux projets... En plus, cette amie de ses parents pourrait lui parler sans fin de sa mère, lui livrer des anecdotes, des souvenirs !

— Hum, là ça se complique un peu. Malheureusement, avec le temps, nous nous sommes perdus de vue, elle et moi. Il faut que je retrouve sa trace, et je ne suis pas sûr d'y parvenir... C'est la raison pour laquelle j'hésitais à t'exposer mon idée.

— Oh Nox, j'adorerais la rencontrer ! le pria-t-elle, les mains jointes.

— Je ne te promets rien, mais je ferai mon possible.

Pour un peu, s'il avait eu forme humaine, la jeune fille se serait jetée dans ses bras. Il lui offrait une raison d'espérer, c'était... magique !

— En attendant, j'ai bien envie de te voir exercer tes talents. Notre île a besoin de quelques réparations, ça te dit ?

Elle hocha la tête, elle avait soif d'action.

Il s'envola et elle le suivit d'un pas léger et fier.

29

Ils s'éloignèrent le long d'un petit chemin bordé de roseaux pour gagner une langue de sable gravillonné presque noir, en bordure de l'Astragave.

— Vois-tu, l'un des principaux problèmes ici, c'est que l'eau du fleuve est souvent trop boueuse pour que nous puissions l'utiliser facilement, expliqua Nox, suspendu à la plus basse branche d'un arbre. Bien sûr, nous pouvons enchanter l'eau que nous prélevons à chaque fois que nous souhaitons boire, cuisiner ou laver du linge par exemple. Mais c'est fastidieux, à la fois une perte de temps et d'énergie magique.

Du bout de l'aile, il lui désigna un enchevêtrement de larges tuyaux qui sortaient de terre et qui se prolongeaient dans l'eau pour s'y enfoncer.

— Pour nous simplifier la vie, Argile et un autre Éclaireur ont créé cette machine, à l'aide d'un beau sort de construction. Elle aspire l'eau, la filtre et nous la restitue débarrassée de ses impuretés.

— C'est parfait, non ?

— Hélas, trois fois hélas, non, pas du tout ! Cette belle mécanique ne fonctionne pas très bien. La plupart d'entre nous gaspillent toujours leur magie pour satisfaire leurs besoins en eau. Plusieurs Éclaireurs ont tenté de réparer ce système en douce, car bien qu'Argile soit un brave homme, il peut se montrer susceptible quant à l'efficacité de son pouvoir. Mais aucun d'entre eux n'y est parvenu.

— Et donc tu veux que je m'y essaie, au risque de contrarier le compagnon d'Aube ! en déduisit-elle. Franchement, non merci, je n'ai envie de me fâcher avec personne.

Nox plissa les yeux.

— *Tss-tss,* même si je t'enseigne quelque chose d'utile, une astuce qui aurait empêché ton frère de découvrir ta pratique de la magie forte ?

— Vas-y, dis-moi, murmura Prunelle, soudain très intéressée.

— Les Éclaireurs signent automatiquement leurs sorts, tu l'as appris à tes dépens. Cependant, il arrive parfois qu'ils désirent rester anonymes, pour des raisons qui ne regardent qu'eux. Ce n'est pas à la portée de tout le monde, seuls les meilleurs d'entre nous y parviennent.

— Tu sais le faire ?

Il poussa un long soupir.

— Sans me vanter, quand j'avais encore forme humaine, c'était un jeu d'enfant ! Il en sera de même pour toi, j'en suis sûr. C'est facile à vérifier, il te suffit d'essayer !

Elle hocha la tête, tentée par cette nouvelle expérience.

— Écoute-moi, c'est très simple, reprit-il. Tes sorts portent ton nom, ils sont faciles à identifier. Pour contourner cet obstacle, il te suffit de penser très fort « Mon nom est personne » avant d'opérer et juste après ! Qui voudra connaître le nom du créateur du sort en question obtiendra « Personne » en guise de réponse. Si tu y mets assez de force, ça fonctionnera.

— D'accord, je tente !

Elle s'avança vers les énormes tuyaux, qu'elle observa un long moment. Elle devina les filtres, sous terre, et le circuit emprunté par l'eau.

Face au fleuve, elle se détendit, décontracta ses épaules, remua ses bras le long du corps pour les relâcher et enfin ferma les yeux. Lorsqu'elle les ouvrit de nouveau, ce fut pour fixer le travail d'Argile avec ardeur. Puis elle hurla en silence : « Mon nom est Personne, que cette machine offre à volonté aux insulaires l'eau du fleuve Astragave, mon nom est Personne ! » Ce sort de réparation résonna longtemps dans son esprit, assourdissant, tandis que le médaillon, complice, chauffait doucement sa peau. La magie circulait si fort en elle qu'elle en rit de plaisir. Lorsque cette merveilleuse sensation s'apaisa, elle vit Nox s'accrocher à l'un des tuyaux pour y coller une de ses oreilles.

— Stupéfiant, s'exclama-t-il. Écoute-moi ça, ça coule à flots, ça filtre, ça distribue ! Je te le répète, tu maîtrises mieux la magie que nous tous réunis !

Il secoua la tête et lui adressa un clin d'œil.

— Et tout ça réalisé par « Personne » ! Je viens de vérifier, ça a marché, tu es la meilleure !

Elle hocha la tête, heureuse. À Prunelle, rien d'impossible !

Elle s'agenouilla sur le sable et Nox s'accrocha au doigt qu'elle lui tendait.

— On peut directement passer à l'étape suivante, je suis sûr que ta tante ne m'en voudra pas, assura-t-il.

— C'est-à-dire ?

— À la fin de l'apprentissage de magie forte, tu dois accomplir une grande œuvre, c'est la coutume. Cela fait de toi, définitivement, une Éclaireuse. Dans ton cas, la formation est inutile, tu es surdouée, tu peux directement t'atteler à ta grande œuvre. Un sort qui fera date sur l'île et dont on parlera longtemps après ton départ, lorsque ta vie aura pris un tour nouveau ! Profite de l'occasion pour agrémenter ta signature, y ajouter un mot, un symbole, ce que tu voudras. Ça la rendra impossible à imiter, c'est précieux.

Prunelle sourit. Elle savait déjà ce qu'elle accolerait à son nom !

Il ne lui restait plus qu'à trouver une idée à la hauteur de la magie si puissante qui chantait dans ses veines.

Pour le remercier de l'attention qu'il lui portait, d'un geste vif, elle attrapa une puce de sable dont il se régala.

C'était bon d'être entourée de personnes qui croyaient si fort en elle, même si elles avaient des ailes !

30

La semaine suivante fut occupée et heureuse.

Prunelle se levait tôt pour filer au potager donner un coup de main. Le travail ne manquait jamais et s'effectuait dans la bonne humeur le plus souvent. Galet et elle faisaient équipe, de plus en plus proches. Prunelle le découvrait sensible, drôle, attentif aux autres, et cela lui plaisait. Lui semblait apprécier sa vivacité, son appétit pour la magie forte et ses yeux si verts dans lesquels il se perdait parfois, sourire aux lèvres.

Roseau se joignait souvent à eux. Les deux garçons s'entendaient bien et rivalisaient d'adresse pour enchanter l'île et ses habitants.

Après le déjeuner, en compagnie d'Aube ou Nox, Prunelle partait construire, réparer, guérir ou secourir, avec une joie qui ne faiblissait pas. Galet les accompagnait parfois, pour pratiquer sa magie douce, si réussie.

La jeune fille, elle, construisit plusieurs maisonnettes, pratiques et confortables, pour les futurs arrivants, ainsi qu'un nouveau préau, plus spacieux, sous lequel prendre les repas par mauvais temps. Avec d'autres Éclaireurs, elle répara des filets de pêche, consolida une berge, redressa des arbres tordus par trop de vent, déracina des arbres à Vénum et affina le sable de plusieurs criques. Elle procéda à de jolis sorts de guérison de rhumes, de varicelles, de verrues, de migraines ou d'affections plus graves qui disparurent en quelques minutes. Et elle secourut deux petites filles emportées par le courant sournois du fleuve.

Très active, elle n'avait pas vraiment eu le temps de songer à sa grande œuvre, mais elle était confiante, une bonne idée surgirait forcément. À la nuit tombée, elle était si fatiguée qu'elle s'assoupissait dès sa tête posée sur l'oreiller.

Les allées et venues qu'elle entendait parfois, la nuit, troublaient à peine son sommeil. Elle savait de quoi il s'agissait : des Éclaireurs et des Éclaireuses en partance pour le comté ou qui en revenaient. Ils étaient chargés de missions secrètes, pour le bien de tous. Mais cela ne l'empêchait pas de tendre l'oreille, de s'assurer que nul cri ne retentissait, que nulle attaque n'avait lieu.

Au septième soir, pourtant, Prunelle ne parvint pas à s'endormir, car elle pensait à Nuée.

À sa grande surprise, son amie ne lui avait pas répondu. Elle s'en était ouverte à Roseau, qui l'avait rassurée : on entrait dans un bel été, la période la plus forte pour *Le chou doré*. Le craquelin pistache-groseille, spécialité du pâtissier, et les glaces aux aromates, son plus grand succès, feraient fureur jusqu'à l'automne, Nuée aidait donc ses parents de l'aube à la tombée de la nuit. Elle avait d'ailleurs prévenu son amoureux quelque temps plus tôt, il ne fallait surtout pas s'inquiéter de son silence, elle donnerait d'amples nouvelles dès que possible.

N'empêche, Prunelle était déçue que Nuée ne mette pas plus d'empressement à se manifester. Et les canards sauvages, c'était bien pratique, mais cela ne suffirait pas à nourrir leur précieuse amitié.

Elle soupira, s'assit et prit entre ses doigts le portrait délicat de sa mère. Comme toujours, le regard tendre de la jeune femme blonde la réconforta, tandis que sa contrariété se dissipait.

Elle songea une nouvelle fois à la chance qu'elle avait d'avoir été secourue par Nox et aux bienfaits de ce séjour sur l'île. Ici, tout lui plaisait. Son frère retrouvé, Aube – si bonne –, la bienveillance de tous, les travaux de la terre, la magie sans entrave... et Galet, bien sûr !

Elle sourit en évoquant aussi sa crainte de la maladie, à son arrivée, lorsqu'elle avait découvert un à un les anciens malades, marqués de cette ignoble croix. Comme ça lui paraissait loin !

Désormais, elle n'y prêtait plus aucune attention et elle aurait été incapable de dire qui était marqué ou ne l'était pas.

Oui, son refuge n'offrait à Prunelle que de bonnes surprises. Pas le moindre Obscur à l'horizon, en dépit des craintes de Nox ou de Roc.

Elle s'allongea de nouveau, apaisée, prête à s'endormir. Demain, elle aiderait au relevage des vignes, une tâche fatigante, il fallait qu'elle soit en forme.

Elle ferma les yeux, sa respiration se fit plus lente. Le sommeil la gagnait quand soudain elle se redressa, plus vivement que si elle avait été piquée par une guêpe.

Sa grande œuvre, elle la tenait !

Un sort remarquable dont elle serait fière, que personne n'oublierait jamais et qui serait le plus beau des remerciements à l'accueil qu'elle avait reçu ! Dès qu'elle aurait accompli cette grande œuvre, elle exigerait de participer à la résistance !

Elle pensa longtemps à son idée, jusqu'à ce que la fatigue vînt à bout de ses dernières forces.

31

Le lendemain matin, en plein cœur des vignes, Prunelle eut du mal à se concentrer. Elle n'avait qu'une chose en tête : sa grande œuvre !

Au réveil, le projet lui avait paru plus exaltant encore.

En premier lieu, elle devait s'assurer que son sort n'apporterait que des bienfaits, sans nuire à qui que ce soit. Mais comment en être certaine ? Elle voulait le garder secret, ne consulter personne pour que la surprise soit totale. Alors faute de pouvoir demander conseil, elle ressassait, essayait de penser à tout, à la mise en œuvre, aux conséquences, et tournait en rond.

— Eh Prunelle, tu ne m'as pas entendu ? T'es dans la lune ?

Elle sursauta. C'était Galet, quelques rangs plus loin, qui l'interpellait.

— Oh, désolée... Oui, j'étais ailleurs.

— Je vois ça ! Je te proposais de faire la pause maintenant, j'ai mal aux bras ! Ça te dit ?

— Carrément !

Avec l'accord d'Argile, qui supervisait le travail, ils s'éloignèrent pour s'asseoir les pieds au frais dans un petit bras du fleuve qui serpentait dans les terres.

Côte à côte, ils dégustèrent deux pêches sorties de la poche du garçon.

— Tu es bien silencieuse, constata-t-il.

Elle plongea les yeux dans les siens, interrogatifs.

Après tout, elle pouvait peut-être se confier à lui. Il était à l'écoute, réfléchi et digne de confiance, que demander de mieux ?

Elle prit sa respiration, lui fit d'abord jurer de garder pour lui ce qu'elle s'apprêtait à dévoiler, puis, à voix basse, elle lui présenta sa future grande œuvre.

Lorsqu'elle se tut, d'abord, il ne dit rien. Les genoux relevés sous le menton, il scrutait un point fixe au bord de l'eau. De longues secondes s'écoulèrent, si longues que Prunelle crut qu'il trouvait son idée mauvaise, sans oser le lui dire.

N'y tenant plus, elle lança :

— Qu'est-ce que tu en penses ?

Alors seulement il tourna la tête, et elle découvrit qu'il avait les yeux baignés de larmes.

— Tu as un grand cœur, Prunelle !

Sur ces mots, il lui prit une main qu'elle ne retira pas.

— Je ne peux rien imaginer de plus utile et généreux, ajouta-t-il en pressant ses doigts.

— Merci beaucoup, chuchota-t-elle, émue elle aussi.

— On m'a raconté qu'Aube avait déjà tenté le coup en vain, ainsi que Mistral, l'un des plus anciens d'entre nous. Mais leur magie n'égale pas la tienne... Toi, tu vas réussir !

— J'espère ! En même temps, ça m'effraie un peu.

— Pourquoi ?

— Parce que je crains qu'il y ait des conséquences fâcheuses à côté desquelles je serais passée. Je ne veux pas faire plus de mal que de bien !

Il fronça les sourcils.

— J'ai une idée. On y réfléchit chacun de son côté, et ce soir, après le repas, on met en commun nos deux listes d'aspects négatifs. Je suis sûr que rien ne nous échappera.

— D'accord, c'est une bonne méthode.

À son tour elle pressa doucement ses doigts, et ils repartirent au travail.

Tout l'après-midi, Nox à ses côtés, Prunelle s'attela à la construction de digues sur le pourtour de l'île, pour éviter que les eaux agitées du fleuve ne pénètrent trop dans les terres. Une tâche répétitive, largement à sa portée, qui lui laissait l'esprit libre pour alimenter sa liste. Enfin, presque… car elle avait beau se creuser la tête, elle ne voyait vraiment pas en quoi son sort serait nuisible, ou susceptible de trahir la présence des réfugiés sur l'île.

D'ailleurs, Nox, sans le vouloir, l'encourageait dans ce projet dont il ignorait tout.

— Vois grand, très grand même ! Tu en es capable, rien ne peut te résister ! répétait-il. Regarde-moi la vitesse à laquelle tu crées ces digues !

En effet, elle avançait trois plus vite que lui, ou que d'autres Éclaireurs, plus loin, à qui Aube avait assigné la même tâche.

— Ta grande œuvre doit être un reflet fidèle de ton art, ajouta-t-il encore, alors qu'elle venait de s'asseoir sur un tronc d'arbre échoué. Or ton art est d'une puissance folle, donc ne lésine pas… Par exemple, tu pourrais inventer un système qui permette de capturer le vent pour le transformer en énergie, ou une machine qui absorberait les éclairs pour les muer en lumière. Pour toi, tout est possible, mon enfant.

Elle lui souriait poliment sans répondre, son idée était beaucoup plus excitante que ça !

— Et toi, Nox ? Ta grande œuvre, c'était quoi ?

Plaqué à ses pieds sur le sable, de nouveau à la recherche de puces malchanceuses, il ne répondit pas tout de suite. Puis ses oreilles tombèrent, et cela lui donna soudain l'air si chagrin qu'elle eut envie de le consoler.

Elle s'en voulut, peut-être venait-elle de réveiller de mauvais souvenirs ?

Elle allait s'excuser quand il prit la parole.

— Je ne suis pas un bon exemple ! Comme toi, j'étais précoce et assez doué. J'ai voulu faire un cadeau à quelqu'un, un grand cadeau... qui n'a pas été apprécié du tout par la personne à qui je le destinais. Une erreur de jeunesse, je n'avais pas assez réfléchi.

— Excuse-moi, je n'aurais pas dû te...

— Non, ne t'en fais pas, c'est le passé, je n'y pense plus.

Elle lui aurait bien caressé le crâne en guise de réconfort, mais elle n'osa pas.

Plus guilleret, il en revint à elle.

— Mais toi, chère Prunelle, tu n'es pas du tout dans la même situation que moi à l'époque. Alors dépasse-toi !

Elle hocha la tête, sûre qu'il ne serait pas déçu, puis, l'air de rien, elle lui posa quelques questions. Elle avait besoin d'informations magiques pour garantir son succès, le moment venu !

En fin d'après-midi, après une longue absence, Nox réapparut dans les airs alors que la jeune fille consolidait les digues créées par les autres Éclaireurs, à leur demande. Il s'agrippa tête en bas à la branche d'un pin, en bordure de plage, et du bout de l'aile lui fit signe de le rejoindre.

— J'ai une grande nouvelle ! annonça-t-il, les yeux brillants. Depuis plusieurs jours j'envoie des canards sauvages à mes différentes relations, et l'une d'entre elles m'a indiqué l'adresse possible de Dune, à qui j'ai tout de suite envoyé un message. Elle m'a contacté tôt ce matin, grâce à l'un de ces nuages capables de parcourir des distances folles sans se désagréger. Très beau sort, j'aimerais pouvoir en faire autant.

Nox ferma les yeux un instant, et la réponse nuageuse qu'il avait reçue apparut devant Prunelle.

« Je me souviens très bien de toi malgré les années. Je suis heureuse de te savoir en forme, porté par deux ailes, désormais...

En effet, comme je te l'ai souvent dit par le passé, Rosée et Roc sont toujours présents dans mon cœur. Même si j'ai quitté Tendreval il y a fort longtemps, j'accéderai volontiers à ta demande pour tenter d'y apaiser les esprits. J'aimerais rencontrer Prunelle afin de décider avec elle de ce que nous devons entreprendre pour ramener son père à de meilleurs sentiments, vis-à-vis d'elle et de son peuple. Je suis sûre que nous y parviendrons ! Rejoignez-moi vite à Ouridel. »

— Elle est d'accord pour m'aider ! s'écria Prunelle. C'est fantastique !

— Fabuleux, même ! Aussitôt ta grande œuvre réalisée, nous partirons, alors ne tarde pas !

— Si je pouvais, je partirais tout de suite ! s'exclama-t-elle. Ouridel, c'est où exactement ?

Nox s'ébroua, avant d'émettre une petite toux embarrassée.

— Ah... Eh bien, si je ne me trompe pas, c'est au cœur du comté d'Élanvert, à l'ouest, dont nous sommes séparés par les Istobales, ces fières montagnes. Elles sont périlleuses, enchantées par endroits, alors n'hésite pas à renforcer ta magie d'ici notre départ !

— Élanvert ? Mon père m'a toujours dit que c'était un repère d'Obscurs !

— *Tss-tss,* ce n'est qu'une rumeur sans fondement, l'endroit est surtout peuplé de sorciers et sorcières ordinaires, comme toi ou moi ! De toute façon, Dune ne fréquenterait des Obscurs pour rien au monde, sois tranquille. Elle y vit un peu en ermite, au cœur d'une forêt qui lui appartient. Tiens, regarde, c'est là !

Il fit apparaître le second nuage que Dune lui avait adressé. Y figurait une vue de l'endroit en question, une maison en bois au milieu des arbres, devant laquelle se reposaient, l'une contre l'autre, une biche et une licorne. Une longue femme brune se tenait sur la terrasse, souriante, une brassée de plantes médicinales entre les mains.

— Tu m'assures que Dune est une Éclaireuse, rien d'autre ? insista Prunelle, à demi rassurée par la paisible image.

— Oui, c'est simplement une personne très douée qui pratique magie douce et forte avec le même talent, c'est courant à Élanvert. Alors, tu es partante ?

Le médaillon se mit à palpiter doucement sur la poitrine de Prunelle, comme pour l'inciter à accepter, et cela acheva de la décider.

— Oui, dès que possible, affirma-t-elle, le cœur battant.

Après un petit grognement approbateur, Nox ajouta :

— Si cela ne te dérange pas, en attendant, j'aimerais que nous gardions ce projet secret, chère Prunelle. Je crains que ta tante, Roseau et Galet préfèrent que tu restes auprès d'eux. Qu'en dis-tu ?

Elle acquiesça un peu à contrecœur. Cela lui coûterait de se taire, mais il avait sans doute raison.

Rien ni personne ne devait l'empêcher d'atteindre son but : l'exercice libre de la magie pour tous et toutes, dans son cher comté de Tendreval !

32

Galet rejoignit Prunelle devant chez elle, après le dîner. Ils s'assirent en tailleur sur le banc, l'un en face de l'autre.

— Pour ta grande œuvre, je suis désolé, mais…

Il esquissa une petite moue, de celle qui précède les mauvaises nouvelles. Le cœur de la jeune fille s'emballa. Oh non, il avait dû mettre le doigt sur un obstacle de taille.

— Vas-y, parle !

— … mais ma liste est entièrement vide ! Je n'ai rien trouvé, pas le moindre problème en vue !

— C'est malin, tu m'as fait peur, gronda-t-elle.

Le sourire radieux du garçon la désarma. Elle ajouta :

— Moi, par contre, j'ai pensé à quelque chose. Tu m'as dit qu'Aube et Mistral avaient déjà essayé ce même sort, sans succès… Est-ce qu'ils ne risquent pas de m'en vouloir si je réussis ?

Il se passa la main dans les cheveux, les ébouriffant davantage, l'air très surpris.

— Jamais de la vie ! Tout le monde ici sait que tu as un talent hors du commun auquel personne ne peut se mesurer, alors ils seront émerveillés et fiers de toi, c'est tout !

— Chut, moins fort ! souffla-t-elle.

Deux couples se baladaient dans l'allée, elle ne voulait pas qu'ils les entendent et se doutent que quelque chose se tramait. Quelque chose de grand !

Elle sourit à Galet qui venait de poser un doigt sur sa bouche, l'air contrit mais l'œil rieur.

— J'espère que je vais y arriver, murmura-t-elle.

— Évidemment ! Tu n'as pas choisi la facilité, ce sera difficile et épuisant, mais je sais que tu vas réussir ! Quand est-ce que tu prévois d'agir ?

Le plus tôt serait le mieux, afin de quitter l'île au plus vite pour rejoindre Dune.

— Demain matin. Juste après le petit-déjeuner, quand tout le monde sera réuni, avant qu'Aube et Argile distribuent le travail, lui confia-t-elle, la gorge un peu serrée.

Maintenant que c'était dit, impossible de reculer !

Elle faillit lui parler de son départ imminent et se retint de justesse. Ils s'étaient attachés l'un à l'autre, il serait peiné, forcément. Elle aussi ! Mais convaincre Roc de revenir sur ses positions, cela valait tous les sacrifices. Et si tout se déroulait comme elle l'espérait, tôt ou tard elle retrouverait Galet.

— Si tu veux, on peut faire une répétition discrète chez toi, maintenant, pour passer en revue chaque détail, proposa le jeune homme.

— Carrément, je n'osais pas te le demander ! se réjouit-elle, déjà debout. Je veux que tout soit parfait, ton aide ne sera pas de trop !

Il se leva à son tour et sortit de sa poche un petit paquet qu'il lui tendit.

— Ce sont des galettes aux graines de norelle, je suis sûr que tu vas adorer.

— Oh merci, s'exclama-t-elle, touchée.

Une délicate attention, tout à fait dans le style de Galet.

Oui, décidément, il allait lui manquer !

Prunelle fut levée bien avant le soleil. Dans la malle, elle choisit une longue jupe jaune et une ample chemise orange. Des couleurs lumineuses, qu'elle aimait.

Elle sortit et s'assit dans l'herbe qui bordait sa maisonnette. Elle avait envie d'assister à la naissance de ce jour qui compterait dans sa vie et dans celle de tant d'autres.

Elle respira profondément, centrée sur le sort qu'elle lancerait d'ici peu. Les conseils prodigués par Galet étaient sans prix, elle lui devrait en grande partie sa réussite. À condition, bien sûr, que tout se déroule comme elle l'espérait ! Rien que d'y penser elle sentit l'appréhension la gagner, elle fronça les sourcils pour la chasser.

Prunelle ferma les yeux et profita de la douceur de l'air, du chant des oiseaux qui s'éveillaient, de l'odeur des pins, du bruit lointain de l'Astragave, de la fraîcheur de la rosée sous ses doigts… Que des choses agréables et propices à la détente.

Elle resta longtemps ainsi, immobile, et lorsque l'île prit vie peu à peu – des volets qui claquent, des voix qui résonnent –, elle se dirigea vers la grande place, où l'on installait déjà le petit-déjeuner.

— Mais que tu es jolie dans cette tenue, s'exclama Aube.

Prunelle la remercia d'un sourire rapide.

— Quand… quand nous aurons débarrassé le couvert, tout à l'heure, je voudrais proposer ma grande œuvre, déclara-t-elle, la voix tendue.

Sa tante ouvrit des yeux immenses.

— Oh, déjà ? C'est une excellente nouvelle ! Tu as besoin d'aide, ou d'un avis ? Tu veux me dire de quoi il s'agit ?

— Non, j'ai demandé conseil à Galet, il pense que mon idée est bonne et sans risque, alors…

— Alors tu fais confiance à Galet et tu as bien raison ! C'est un jeune homme de valeur, et je crois que tu lui plais beaucoup.

Même si elle le savait déjà, Prunelle rougit violemment, ce qui lui arrivait peu souvent.

— Qui souhaites-tu comme témoins de ta grande œuvre ?

— Tous les occupants de l'île.

À nouveau, Aube eut l'air stupéfait.

— Une si large audience, tu ne crains pas d'être impressionnée, ou déconcentrée ?

— Non, je m'y suis préparée. Et c'est nécessaire car tout le monde sera concerné.

— Tu vises haut, je n'en attendais pas moins de toi ! J'ai hâte de voir ça ! D'ici là, prends un solide petit-déjeuner, tu auras besoin de forces.

Prunelle s'assit à l'une des tables où plusieurs personnes étaient déjà installées. Elle les salua et, pour la première fois, elle regarda sans appétit les corbeilles de fruits, les crêpes, les petits pains, le fromage ou le miel. Elle avait le ventre noué et s'obligea à grignoter des fraises, les yeux baissés sur son assiette. Et si elle échouait ?

Galet et Roseau la rejoignirent bientôt, mais Prunelle parla peu. Son malaise s'amplifia lorsque, une fois les bancs remplis de monde, sa tante se leva en frappant dans ses mains.

— Mes amis, quand nous aurons terminé notre petit-déjeuner, ma nièce Prunelle nous offrira sa grande œuvre, ici même, sur la place. Elle désire que vous soyez tous présents pour l'encourager.

Tous les regards se braquèrent sur la jeune fille, des applaudissements fusèrent. Nox, suspendu à l'anse d'un panier où étaient disposées des pêches, devant elle, murmura :

— Je sens que ça va être grandiose.

— Tu me mets trop de pression, là, marmonna-t-elle. Je ne sais même pas si je suis capable de réussir. J'ai peut-être vu trop grand justement.

— Prunelle, oublie les doutes et la peur, souffla Nox. Ils sont utiles, parfois, mais lorsqu'ils deviennent trop envahissants, ce sont nos ennemis et il faut les chasser.

Il lui adressa un regard si chaleureux qu'elle eut l'impression que son petit museau lui souriait.

Son moral remonta en flèche. Qu'est-ce qui lui prenait de se laisser abattre, tout d'un coup ? Ce n'était pas son genre, d'ordinaire.

Nox avait raison, doutes et peur ne devaient pas la paralyser !

Elle inspira à fond et fit couler du miel frais dans un bol de lait. Elle en dégustait la première cuillerée quand juste devant elle dansa un petit nuage pailleté d'or sur lequel était écrit : « Des encouragements pour la fille la plus fantastique de l'île ! »

Elle se tourna vers Galet dont les joues écarlates signaient le message.

— Oh merci ! lui glissa-t-elle.

— Ça va très bien se passer, j'en suis sûr ! affirma-t-il.

Elle acquiesça, elle y croyait de nouveau. Son frère se pencha vers elle :

— On a de la chance d'assister à ta grande œuvre, Nuée aurait adoré voir ça !

Elle lui sourit, reconnaissante. Penser à son amie, vive, joyeuse et si courageuse, cela lui donnait de l'élan.

Elle se leva, aida à débarrasser le couvert et à écarter bancs et tables.

Elle se sentait prête, le cœur battant d'excitation, tendue vers son objectif. Aux idées sombres avaient succédé la confiance et une belle énergie.

D'un ton assuré, elle demanda à l'assistance de former un demi-cercle devant elle. Les réfugiés d'un côté, les anciens malades de l'autre. Lorsque ce fut fait, elle plaça Roseau et Aube à sa gauche, Galet et Nox à sa droite, sa garde rapprochée !

Le silence s'installa, tous savaient à quel point elle avait besoin de se concentrer. Alors seulement, elle ferma les yeux.

33

Le sort de Prunelle devait s'effectuer en trois étapes. La première consistait à demander du renfort, car la jeune fille estimait que si Aube et Mistral avaient échoué par le passé, c'était peut-être pour avoir agi seuls.

— Acceptez-vous de partager votre magie avec moi ? lança-t-elle, d'une voix la plus ferme possible.

Elle eut droit à des regards surpris, mais toutes et tous, sans exception, acquiescèrent. La solidarité était une règle respectée et, lorsque la jeune fille porta lentement la main à sa nuque, elle fut imitée par chacun et chacune.

Après quelques secondes, la magie du groupe afflua en elle, par vagues qui s'emparaient de son corps, de son esprit, de tout son être. C'était à la fois violent et délicieux. Elle était parcourue de frissons intenses et de picotements qui couraient sous sa peau, sous son crâne, l'électrisaient, tandis que sa magie gagnait en puissance. Une magie nouvelle, explosive, qu'elle devait rapidement maîtriser pour ne pas être débordée. Pour ce faire, il lui fallait jauger le moment exact où son pouvoir aurait acquis pile l'énergie dont elle avait besoin.

Dès qu'elle se mit à trembler, glacée malgré le soleil, pas loin de perdre pied, elle fit un grand geste des deux bras pour interrompre le partage de magie.

Aussitôt son corps s'apaisa, même si son nerf de Nectar vibrait, prêt à déployer sa force décuplée.

Elle sourit, satisfaite, puis son visage se fit grave. Le plus dur était devant elle.

Elle ouvrit les yeux, regarda avec attention chacune des personnes qui l'entouraient et les salua. Ensuite, les paupières closes, en pressant légèrement de la main droite son nerf magique, elle prononça en silence un sort d'identification, suggéré la veille par Galet : « Que m'apparaisse celui qui a marqué à jamais les Pustuleux ! »

Et, comme il le lui avait conseillé, elle empoigna son médaillon de la main gauche, la plus proche du cœur. D'après le garçon, le sort d'amour éternel qu'il lui avait jeté sur la plage, peu après son arrivée sur l'île, ne s'éteindrait jamais. Mieux que ça, avait-il précisé : par l'intermédiaire du petit portrait de sa mère, il amplifierait sa magie, à chaque fois que ce serait nécessaire.

Ce fut aussitôt comme si une porte s'ouvrait dans l'esprit de la jeune fille, une porte qui lui permit d'abord d'accéder à des images indistinctes, des ombres, des visages flous qui défilaient à toute allure derrière ses yeux fermés. Elle se concentra avec ardeur sur la croix noire gravée sur le front des Pustuleux, afin que cesse ce ballet vertigineux.

Le nom d'un inconnu surgit bientôt : Granit. Suivi de sa silhouette maigre et voûtée, et enfin de ses traits rugueux, peu aimables. Des yeux sombres et perçants, une bouche hargneuse, des joues creuses... Il s'agissait d'un homme très âgé, peut-être mort depuis longtemps. Quoi qu'il en soit, c'est contre son sort qu'elle devait se battre, maintenant, en s'aidant de la magie offerte par ses pairs.

Son cœur s'agita un peu, à nouveau la peur d'échouer, qu'elle évacua d'un battement de cils avant de presser, d'un geste appuyé cette fois, le nerf où résidait toute la puissance accumulée. Au même instant, son cher médaillon lui brûla la peau, plus qu'une flamme vive, mais elle ne le lâcha pas.

Puis elle eut la sensation que la terre et le ciel s'ouvraient, basculaient, prêts à l'engloutir. Ça aurait pu être effrayant, mais non, c'était grisant ! Elle était invincible, la réussite était à sa portée. Elle se sentait plus forte que tous les êtres vivants réunis, plus forte que les éléments, que la vie, que la mort même.

Alors, dans un cri intérieur, elle lança un sort d'extinction pour réduire à néant celui de Granit. Pour que s'efface la marque d'infamie sur le front des anciens malades. Et enfin, elle signa sa grande œuvre d'un œil vert étincelant, le sien ! Il apparaîtrait désormais, accolé à son nom, à quiconque identifierait ses sorts.

Il lui sembla soudain que le sol tremblait fort sous ses pieds et que des bourrasques dignes d'une tempête la bousculaient en tous sens. Un coup de tonnerre fracassant retentit, suivi de nombreux autres, plus assourdissants encore. Les yeux toujours fermés, Prunelle était si malmenée par le vent qu'elle tenait à peine debout, mais elle était sans peur, au contraire, une joie folle la submergeait, l'emportait loin du moment présent. Jamais elle ne s'était sentie aussi entière, vivante – heureuse, même.

Jusqu'à ce qu'un visage terrifiant surgisse dans son esprit. Un visage familier déformé par un rictus haineux et triomphal, par un regard fou chargé de mépris et par un rire d'ogre prêt à dévorer sa proie.

Elle n'eut pas le temps de poser un nom sur ce faciès hideux, ni d'entendre des cris d'effroi retentir autour d'elle.

Elle venait de s'écrouler, évanouie.

34

La voix de Roseau, tout près, fit revenir Prunelle à elle.

— Aidez-moi à la porter ! criait-il.

Elle papillonna des yeux, puis les ouvrit sur un spectacle de désolation qu'elle ne comprit pas. Comme si la terre, partout sur la place déserte, avait été fracassée, peut-être par ces pins qui gisaient non loin d'elle, la souche en l'air. Le toit du préau, sur sa droite, n'existait plus, arraché par le vent. Elle parvint à se relever, meurtrie et fourbue, soutenue par son frère. L'appel du garçon était demeuré vain, personne ne s'était approché pour l'aider.

— Tu es sûre de pouvoir marcher ? s'inquiéta-t-il.

Bien que chancelante, elle acquiesça.

— Qu'est-ce qui se passe ? murmura-t-elle. Où sont-ils tous ?

— Partis s'abriter à la Bergerie, viens, on y va. Pour le reste... Je t'expliquerai une fois là-bas.

Elle n'insista pas, trop occupée à mettre un pied devant l'autre sans trébucher.

Jamais elle ne s'était sentie aussi fatiguée, le corps aussi douloureux. Mais dans son cœur, la joie persistait, et le déferlement de magie, merveilleux, résonnait encore dans chaque fibre de son être.

Ils atteignaient leur but, quelque cent mètres plus loin, quand le tonnerre reprit de plus belle, accompagné d'un bruit étrange que Prunelle ne reconnut pas.

— Qu'est-ce qu'on entend ?

— Le fleuve, il est déchaîné ! Viens vite ! souffla Roseau en poussant la lourde porte de la Bergerie, demeurée intacte.

Une fois dans le vestibule vide du bâtiment, au lieu de la mener dans la grande salle commune, il la dirigea vers un étroit couloir à gauche, faiblement éclairé par de petites lucarnes, puis la fit entrer dans une pièce meublée de quelques tables et chaises.

Prunelle se laissa tomber sur la première d'entre elles tandis que Roseau s'agenouillait devant elle. Il leva la main pour remettre de l'ordre dans les cheveux emmêlés et pleins de terre de sa sœur.

— Tu n'es pas blessée, juste choquée, c'est ça ?

Elle hocha de nouveau la tête, déboussolée.

— Il y a eu une tempête ? souffla-t-elle.

— Oui, une tempête, de l'orage, un tremblement de terre… Le fleuve déborde, plusieurs maisonnettes sont détruites ou inondées, une grande partie des récoltes aussi. Ce n'est pas si grave, on arrangera tout ça dès que le calme sera revenu.

Alors pourquoi avait-il l'air si sombre ?

— Il y a des blessés ?

— Plusieurs d'entre nous ont reçu des tuiles, des branches, ou sont tombés. Là aussi, ce sera vite réglé, les guérisons sont en cours.

Rien de dramatique, tant mieux.

Elle soupira. Quel dommage que ces intempéries soient survenues le jour de sa grande œuvre !

— Et… et mon sort, il… il a fonctionné ?

Une grimace fugace s'inscrivit sur le visage de son frère, vite remplacée par un sourire crispé.

— Tout à fait, plus personne ne porte cette terrible croix sur le front, l'informa-t-il. C'est ce que tu voulais, j'imagine.

Pourquoi n'était-il pas plus enthousiaste ?

— Les gens sont contents, alors ? insista-t-elle.

Le jeune homme se releva, l'air embarrassé.

— Oui, enfin… Écoute, je vais chercher Aube, elle t'expliquera la situation mieux que moi.

— Quelle situation ?

Il ne lui répondit pas et quitta la pièce d'un pas pressé.

Plusieurs minutes s'écoulèrent, personne ne vint.

Prunelle voulut se lever sans y parvenir. Son corps à bout de forces refusait le moindre effort.

Elle ferma les yeux, se sentit partir à la dérive et s'endormit, c'était plus fort qu'elle.

Elle fut réveillée par une main qui secouait son épaule avec rudesse.

Elle ouvrit les yeux, sa tante se tenait devant elle, avec sa tête des jours anciens : le regard dur, les sourcils froncés, la bouche amère.

— Qu'est-ce qui t'a pris ? lâcha-t-elle, très sèche.

Prunelle se redressa et recula un peu sur sa chaise.

— Que… que veux-tu dire ? bredouilla-t-elle.

Aube brandit un index furieux.

— Ah, tu as bien préparé ton coup avec tes airs innocents !

— Quoi ? Qu'est-ce que tu racontes ?

— Mademoiselle voulait garder le secret, soi-disant pour nous faire une surprise ! Beau travail, félicitations ! Crois-moi, si j'avais compris ce que tu mijotais, je t'aurais empêché d'agir par tous les moyens !

— Compris quoi à la fin ? s'écria la jeune fille, perdue.

— Que tu allais te servir de nous pour pratiquer la magie noire !

— Mais non, pas du tout, j'ai…

— Tais-toi ! Granit était un Obscur qui usait de magie noire pour nuire et dominer ! Tu l'ignorais, peut-être ?

— Oui, je te le jure ! Je me suis renseignée, on m'a dit que...

— On t'a dit n'importe quoi ! grinça Aube.

— Je t'assure que je pensais qu'il s'agissait d'un sort de magie forte, il faut me croire, Aube !

Sa tante balaya ses propos d'une main agacée.

— Apprends qu'annuler un sort de magie noire, C'EST DE LA MAGIE NOIRE, tonna-t-elle. Que tu as pratiquée avec notre complicité involontaire ! Tu t'attends à quoi, à des compliments, peut-être ? À des remerciements ? Pour t'être comportée en bonne petite Obscure ?

— Non, pas du tout, protesta Prunelle, horrifiée. Je ne savais pas, et je ne suis pas une...

— Plus un mot ! Les croix ont disparu, mais personne n'est satisfait ! Ton sort était si puissant qu'il a provoqué une catastrophe, les éléments se sont déchaînés à cause de toute cette magie répugnante, tu as de la chance qu'il n'y ait pas de morts ! Mais le pire, Prunelle, le pire...

Elle s'interrompit, comme si les mots ne suffisaient pas à exprimer sa rage.

— Le pire, reprit-elle, c'est que sur la côte, dans le comté, au nord, au sud, tout le monde aura compris ce qui se passait ici. Le fleuve a débordé là-bas aussi ! Notre terre a tremblé, provoqué des vagues énormes sur les deux rives, la tempête a fait rage, comme l'orage, et les effets en auront été ressentis partout, tu m'entends ? Partout ! Seule la magie noire peut provoquer des intempéries d'une telle violence, qui n'ont plus rien de naturel !

À l'heure qu'il est, ton père est au courant, n'en doute pas. Et il va vite venir voir qui est à l'origine de ce chaos ! S'il ne se déplace pas, il enverra quelqu'un. Tu nous as tous mis en péril, malheureuse, avec ton ignoble magie !

— Aube, tu dois me faire confiance, je n'ai...

— Tais-toi ! Tu n'es que déception et trahison, je ne donne pas cher de ton avenir. J'espère qu'au moins tu n'as pris aucun plaisir à te livrer à ce pitoyable spectacle !

Son visage exprimait un dégoût qui ajoutait plus de poids encore à ses paroles. Jamais personne n'avait traité Prunelle ainsi, pas même Roc au plus fort de sa colère.

Alors elle se redressa, son regard droit dans celui de sa tante.

— J'ai voulu faire le bien, rendre leur dignité à ceux qui l'avaient perdue. J'ai réussi et je ne le regrette pas, jeta-t-elle fièrement. Je vais te dire la vérité, j'ai adoré lancer ce sort !

Elle se tut et se détourna, parfaitement consciente de ce que signifiaient ses paroles. Oui, elle avait été comblée par la magie noire, comme une Obscure ! À tel point qu'elle aurait du mal à résister à la tentation si l'opportunité de recommencer se présentait à elle... mais cela, pas question de l'avouer à sa tante.

— Tu es aveuglée par ton orgueil, cracha Aube. Sans doute t'avons-nous fait trop de compliments. Un tel sort doit être jeté par quelqu'un d'expérimenté, qui saura en limiter les conséquences. Et si d'autres que toi ont échoué jusque-là, comme moi par exemple, c'est justement de crainte de plonger la tête la première dans un chaudron de magie noire ! Tu as été bien mal conseillée, ma fille, par quelqu'un qui t'a conduite là où Éclaireurs et Éclaireuses ne doivent jamais se risquer, sous peine de se perdre !

À ces mots, Prunelle se figea, saisie par un souvenir fugace : celui de ce visage effrayant, dévoré par la haine et la cruauté, qui lui était apparu tout à l'heure, avant qu'elle perde conscience. Elle y voyait clair, maintenant, elle distinguait nettement chacun des traits de cette personne. Celle en qui elle avait toute confiance, celle qui lui avait donné tant de conseils…

Ce visage grimaçant, si satisfait du tour qu'il lui avait joué, c'était celui de Galet.

Prunelle baissa la tête, la respiration coupée, plus choquée que si elle venait de recevoir le toit du préau sur le crâne. Un frisson glacé la parcourut tout entière. Le gentil garçon, timide, rougissant, n'était autre qu'un abominable Obscur. Il s'était moqué d'elle, l'avait manipulée dès la première minute pour la faire basculer du côté sombre de son âme.

Ah, il avait réussi à merveille à se faire passer pour sensible et délicat, quelqu'un sur qui s'appuyer, à l'écoute, prêt à l'aider en toute occasion. Quelqu'un dont la parole comptait, en qui elle avait toute confiance…

Le traître !

C'est lui qui lui avait confirmé que cette croix honteuse était le fruit de la magie forte, d'un sort lancé par un ancien Éclaireur qui avait fait du zèle et dont tout le monde avait oublié le nom.

Mensonge !

Lui encore, la veille au soir, qui lui avait conseillé d'identifier l'auteur de ce vieux sort pour mieux déjouer sa magie, en lui cachant qu'elle invoquerait ainsi un Obscur.

Il lui avait aussi proposé d'empoigner son médaillon, pour gagner encore en puissance maléfique, au moment voulu. Quelle honte, l'inciter à se servir de cet objet chéri dans un but aussi sombre !

Et ses galettes de norelle… Délicieuses, mais teintées d'un arrière-goût étrange, nouveau pour elle. À tous les coups la recette comportait des baies de Vénum, si présentes sur l'île et très prisées des Obscurs. D'après ce que Mistral lui avait dit lors de son arrivée sur l'île, elles renforçaient l'efficacité des maléfices.

Ainsi la menace évoquée par son père, le danger qui planait sur Prunelle, c'était Galet. Roc avait senti sa présence et ses mauvaises intentions lorsqu'Aube avait restitué sa magie à Prunelle.

Sa tante, insensible à son trouble, reprit sèchement :

— Je ne sais pas ce qui va se passer pour nous, sur l'île, mais quoi qu'il arrive, nous ne te garderons pas ici. Je ne veux plus que tu nous fasses courir le moindre risque.

— Inutile de lui parler si durement ! s'insurgea Nox en s'engouffrant dans la pièce.

— Oh toi, ça va ! Si tu ne l'avais pas encouragée à voir grand, toujours plus grand, nous n'en serions pas là ! Bravo, beau résultat !

Il ne put lui répondre. Aube venait de les quitter d'un pas rageur, en claquant la porte.

35

Nox se posa maladroitement sur la table devant laquelle était assise Prunelle. Elle lui en fut reconnaissante. Dans ce moment difficile, elle avait envie qu'il lui parle les yeux dans les yeux, et non pas la tête en bas !

— Aube exagère, c'est la colère, ça va passer, tenta-t-il. Cela dit, chère Prunelle, nous étions loin d'imaginer que tu nous ferais une démonstration de magie noire...

Elle ne répondit rien, elle n'en revenait toujours pas elle-même.

— Pour ma part, reprit Nox, même si je déplore les effets néfastes de ta grande œuvre, je tenais à te féliciter : tu as atteint ton but.

Il la regardait avec douceur, ses ailes jointes comme pour la prier de réagir.

— Écoute, tu n'y es pour rien, tu ne voulais pas convoquer cette terrible magie, ni…

— C'est Galet, le coupa-t-elle.

— Nous le savons tous, soupira Nox. Il s'est littéralement évaporé dans un éclat de rire dément quand tu t'es effondrée. Un sort de disparition très réussi, ma foi, une spécialité des Obscurs. Ces gens-là font leur mauvais coup quand on s'y attend le moins, pour semer la terreur avant de partir la répandre ailleurs. Ne t'inquiète pas, tu ne le reverras peut-être jamais.

Prunelle fronça les sourcils. Au contraire, elle ne demandait qu'à revoir Galet !

Pas pour se laisser mener par le bout du nez à nouveau, oh non, mais pour se venger, lui faire subir le pire, le torturer, le… Elle secoua la tête pour chasser ces pensées violentes qui ne lui ressemblaient pas.

— Pourquoi s'est-il servi de moi ? Pourquoi m'a-t-il prise pour cible ? prononça-t-elle d'une voix blanche.

— Tu venais d'arriver, tu étais un peu perdue, il a vu en toi une proie facile. Manipuler la fille de Roc, c'est tentant pour qui veut le combattre et conquérir son territoire ! Imagine la tête de ton père quand il apprendra que les Obscurs s'en sont de nouveau pris à Tendreval, par ton intermédiaire !

Après un léger silence, il ajouta :

— Je crois qu'Aube s'en veut terriblement de ne pas l'avoir démasqué. Moi aussi, d'ailleurs.

L'incroyable magie douce qu'il déployait ne visait qu'à nous aveugler et nous séduire, nous avons tous été bien crédules...

— Ma grande œuvre fait-elle de moi une Obscure ? murmura Prunelle, la gorge nouée par l'appréhension.

— Jamais de la vie ! Les Obscurs utilisent volontairement la magie pour faire le mal, ce n'est pas ton cas. Tu étais sous influence, ignorante de la gravité de tes actes.

Il se gratta une oreille du bout de la griffe avant de continuer.

— Cependant ta magie noire est d'une puissance inouïe, alors attention, ne la laisse plus s'emparer de toi.

Elle hocha la tête. Elle espérait de tout cœur être assez forte pour y parvenir.

— Même Roseau m'en veut, n'est-ce pas ? souffla-t-elle.

— Pas autant qu'Aube, mais ça reste un coup dur. Il se sent en danger, Aube a effrayé tout le monde, à tort à mon avis. Les Obscurs frappent rarement deux fois au même endroit. Allez, viens, il est temps de rentrer te reposer.

Ils sortirent de la Bergerie en catimini, par une petite porte peu empruntée, sur le côté de la bâtisse. Prunelle avançait très lentement, le dos et la tête courbés, à croire qu'elle avait cent ans.

Le ciel serein et le soleil étaient de retour, comme si rien ne s'était passé, alors que des arbres arrachés jonchaient les allées, au milieu de rigoles d'eau échappées du fleuve. Consternée, Prunelle regardait les maisonnettes abîmées, les toits éventrés, les bancs retournés, le sol crevassé.

Une fois arrivée devant chez elle, elle eut honte : les tuiles étaient bien en place, les murs debout, les vitres intactes…

Elle poussa la porte et se demanda où puiser assez d'énergie pour grimper jusqu'à son lit.

— C'est bon, tu peux repartir, lâcha-t-elle d'une voix éteinte.

— Certes non, je reste ! Je veillerai sur toi jusqu'à ce que tu aies récupéré. Et je ne veux pas qu'on vienne te déranger. Je vais me trouver un petit coin confortable, une poutre par exemple, ne t'en fais pas pour moi.

Il prenait soin d'elle comme personne !

— Une dernière chose : si tu es d'accord, nous quitterons l'île dès que tu seras remise. Inutile de s'attarder, n'est-ce pas ?

Elle répondit d'un simple battement de paupières.

À peine trois minutes plus tard, elle dormait profondément, tout habillée, à plat ventre en travers de son matelas.

36

Prunelle fut tirée de son lourd sommeil par un bruit répétitif, dehors, à la fois proche et lointain. Elle s'assit, tenta de deviner de quoi il s'agissait mais n'y parvint pas. C'était presque musical, on aurait dit une note, toujours la même, très grave, jouée sur un instrument monumental.

Il faisait sombre, elle avait dû dormir jusqu'au soir ! Elle essaya d'apercevoir Nox dans la pénombre, peut-être suspendu à une poutre, la tête en bas, mais ne le vit pas.

Elle descendit l'échelle et le chercha partout, en vain. Il lui aurait faussé compagnie ? Surprenant ! Puis elle s'approcha d'une petite fenêtre pour découvrir, stupéfaite, le lever du soleil… Elle avait dormi près de vingt heures !

Tandis que le bruit résonnait toujours, envahissant, elle fit une rapide toilette et enfila des vêtements propres. Puis elle gagna la porte. Elle hésita quelques secondes avant de l'ouvrir, elle redoutait l'accueil qu'on lui réserverait. Hostile, forcément… Elle haussa les épaules, peu importe, elle ferait face. Enfin, elle essaierait.

À peine avait-elle fait deux pas qu'elle se retrouva nez à museau avec Nox. Il battait des ailes avec fébrilité, visiblement agité.

— Qu'est-ce que c'est que ce bruit ? s'inquiéta-t-elle.

— Il s'agit d'une corne de brume, utilisée par les gros navires pour signaler leur présence par mauvais temps.

— Les gros navires ? répéta-t-elle, interdite.

— Oui, je sais, c'est surprenant, on en voit rarement sur le fleuve.

Il secoua la tête, préoccupé.

— C'est étrange… Le bateau est encore loin, a priori l'île est invisible pour ses marins, le temps est clair, cette corne de brume n'a donc aucune raison d'être ! Et malgré la distance, elle sonne trop fort, trop près de nous, je… je crains quelque magie derrière tout ça.

Prunelle sentit son cœur bondir dans sa poitrine.

— Mon père ? souffla-t-elle.

— Je n'en sais rien, murmura-t-il. Allons voir ! Tout le monde s'est regroupé sur la grande crique, il ne manque que nous deux.

En effet, la grande crique, au sud de l'île, était bondée. Nox voletant au-dessus d'elle, Prunelle se fraya un chemin sur le sable, accueillie par des regards glacials. Mal à l'aise, en quête de soutien, elle chercha Roseau des yeux. Il était à quelques mètres à peine, sur la droite, mais ne parut pas remarquer son arrivée. À moins qu'il préfère éviter désormais tout contact avec elle...

La corne de brume, obsédante, sonnait toujours aussi fort. On apercevait de mieux en mieux le bateau en approche, extravagant, Prunelle n'avait jamais rien vu de tel !

Énorme, si large, si haut, avec sa coque noire et luisante, des mâts majestueux, une dizaine de gigantesques voiles rouges gonflées par le vent... Son nom gravé en immenses lettres d'or – *La Relève* – brillait tant qu'il faisait mal aux yeux. Une dizaine de personnes se tenaient sur le pont, les mains sur le bastingage.

— Ils ne nous voient pas, hein ? souffla Prunelle.

— Non, pas d'inquiétude, la rassura Nox. Et le courant, ou plutôt la magie, les empêchera d'approcher à moins de vingt mètres, on ne craint rien.

— Si ce sont des sorciers, ils peuvent peut-être déjouer le sort d'invisibilité, s'inquiéta-t-elle.

— Personne n'est assez puissant pour y parvenir, pas même toi ! Il a été lancé par une cinquantaine d'Éclaireurs anonymes, il est impossible à contrer, cela prendrait plusieurs semaines d'efforts soutenus.

Prunelle se détendit un peu. Rien à redouter, quels que soient les occupants du navire ! Peut-être de riches marchands venus d'ailleurs, qui traversaient tranquillement le comté pour rejoindre leur destination.

Cependant, au fil des minutes, il parut de plus en plus évident que le bateau arrivait droit sur l'île. Lorsque ses voiles s'affalèrent, emporté par son élan, il poursuivit sa route pour ne stopper qu'à une trentaine de mètres du rivage, lorsque les lourdes ancres furent jetées.

De si près, il semblait plus gros encore. Plus menaçant. Quant aux silhouettes à son bord, elles avaient disparu. La corne de brume, elle, s'était tue.

Que leur voulait-on ?

Un frisson d'effroi parcourut la plage entière, partagé par Prunelle. Et si c'étaient les Obscurs, décidés à envahir l'île ?

Au bord de l'eau, Aube fit signe à tout le monde de reculer le plus possible, imitée par Mistral.

— N'oublions pas qu'ils ne peuvent pas nous voir, ni nous entendre, lança ce dernier à l'assemblée. Ils ignorent notre présence, pour eux l'île n'existe pas, mais restons prudents, écartez-vous.

Sous son autorité les habitants de l'île s'exécutèrent dans le plus grand silence et remontèrent pour se masser sur le chemin, en bordure de la crique.

Prunelle et Nox, qui formait des cercles au-dessus d'elle, ne les suivirent pas. Aube non plus.

— Tout cela ne me dit rien de bon, marmonna la chauve-souris.

Roseau, quelques pas plus loin, resta immobile, lui aussi, et adressa un sourire timide à sa sœur. Cela lui fit chaud au cœur. Elle lui sourit en retour et osa venir se placer à ses côtés.

— Pardonne-moi pour hier, murmura-t-il, très rouge. Je t'ai laissée tomber, je ne me sentais pas au mieux après... après tout ça !

— Je comprends, ne t'en fais pas, et j'ai bien peur que ce bateau soit là à cause de moi.

Il ouvrit la bouche pour répondre mais la referma aussitôt.

Un canot noir bordé de rouge descendait lentement le long de la coque du navire, retenu par de lourdes chaînes. À son bord, quelqu'un se tenait debout, la tête haute.

Prunelle retint un cri effrayé, la main plaquée sur la bouche.

Ce quelqu'un, c'était... Levain !

37

— Il ne sait pas que nous sommes là, souffla Roseau à l'oreille de sa sœur, pour l'apaiser.

Il tendit l'index.

— Tu vois ces piquets en bois plantés dans l'eau, à vingt pas de nous environ ? Tant que nous restons dans cette zone, personne ne peut deviner notre présence.

Elle acquiesça, malgré la peur au creux de son ventre.

Lorsque le canot toucha le fleuve, le menton en avant, Levain prit la parole.

— Je m'adresse à vous qui vivez sur l'île des Pustuleux, clama-t-il d'une voix très forte, sans doute amplifiée par un soupçon de magie. D'après notre carte, je ne suis qu'à une trentaine de mètres de votre terre. Je ne vous vois pas, je ne vous entends pas, mais vous, si. Je suis ici au nom de Roc, mon père, que vous respectez tous. Il n'a pas pu se déplacer, il est très affaibli, suite à un mauvais sort commandité par sa propre fille. Bref, désormais je m'occupe de tout, c'est pourquoi mon bateau se nomme *La Relève*.

Ses hommes, plus haut, applaudirent avec force. D'un coup d'œil rapide, Prunelle en reconnut plusieurs, de jeunes Éclaireurs, amis proches de son frère.

Elle n'en revenait pas. Son père devait être bien malade pour abandonner ainsi le pouvoir à Levain ! Elle n'aurait jamais cru qu'une atteinte au nerf de Nectar puisse provoquer de si lourdes séquelles.

— Les amis, vous avez subi hier de terribles intempéries, reprit le jeune homme. Je viens m'assurer que vous n'avez pas besoin d'aide.

Prunelle souffla de soulagement. Levain voulait seulement savoir si les malades étaient en sécurité !

— Tu parles, je n'en crois pas un mot, marmonna Aube, les bras croisés, non loin de sa nièce.

D'un pas décidé, elle s'avança au bord de l'eau et se passa une main légère sur la nuque. Il lui fallait lancer un sort pour que son neveu l'entende, sans la reconnaître pour autant.

— Merci, tout va bien, lança-t-elle d'une voix forte elle aussi, mais déguisée, plus grave que d'ordinaire. Pas de victimes et rien d'irréparable. Et nous continuons à soigner les plus malades d'entre nous, comme d'habitude.

— Parfait ! approuva Levain. Au fait, je tenais aussi à vous féliciter pour les magnifiques canards sauvages qui portent vos messages jusqu'à nous, en ville.

Oh non…

Prunelle échangea un regard paniqué avec Roseau.

— Des messages très intéressants, précisa leur frère, goguenard.

Il sortit l'un d'entre eux de sa poche.

— Tenez, celui-ci par exemple : « Ma Nuée, grâce à toi j'ai échappé à l'enfermement ! » minauda-t-il. « Je ne suis pas seule, comme tu le sais, et l'endroit est beau. Tous ces pins, ces criques, cet air frais et le fleuve, partout autour de nous… Je ne te remercierai jamais assez, tu es la plus belle des amies ! J'ai récupéré ma magie, sans restriction, quel bonheur, et je compte progresser ! » Pas de signature, mais nous avons capturé le messager devant la maison de sa destinataire, Nuée, la grande amie de Prunelle, ma chère sœur. On surveillait cette jeune fille depuis un moment, ça a fini par payer.

Il fut de nouveau applaudi avec vigueur par les siens et, d'un geste désinvolte, jeta le papier à l'eau.

— « … le fleuve, partout autour de nous », répéta-t-il, l'air faussement songeur. Notre Prunelle se trouvait sur une île, donc, mais laquelle ? L'Astragave est immense, il en compte plus d'une cinquantaine... Nous avons entamé toutes sortes de recherches sans succès, et puis hier ces violentes intempéries contre-nature, ici même, nous ont mis sur la piste. Un simple sort d'identification a fait le reste. Effectivement, ma sœur a retrouvé sa magie, et quelle magie ! La pire qui soit ! Notre père avait vu juste, il faut t'enfermer, t'empêcher de nuire !

Plusieurs « bravo ! » retentirent depuis le haut du bateau. Levain remercia ses admirateurs d'un geste de la main avant de poursuivre, sèchement :

— Prunelle, je sais que tu es là ! Je dirais même plus, je le sens ! Les liens du sang ne mentent pas ! Je savais aussi que tu ne voudrais pas te montrer, alors j'ai amené de quoi te faire changer d'avis.

Il se pencha et força à se relever une personne restée jusque-là tapie à ses pieds, cachée au fond du canot. Il souleva brusquement le drap qui la recouvrait et Nuée apparut, en haillons, bâillonnée, ligotée.

38

— Nous ne nous sommes pas contentés de mettre la main sur le message, fanfaronna Levain. Nous avons capturé sa destinataire, curieux de connaître son rôle dans cette histoire !

Prunelle, affolée, s'était précipitée vers Aube.

— Il faut aider Nuée, vite ! Qu'est-ce qu'on peut faire ?

— Chut, attends la suite !

— Notre captive n'a rien voulu nous dire, c'est tout à son honneur ! reprit Levain. Nous avons bien tenté quelques sorts pour lui délier la langue, mais elle n'est pas très réceptive à la magie. Elle ne nous a rien livré de sérieux, aucun nom, aucun lieu... Malgré tout, nous l'avons gardée auprès de nous, persuadés qu'un jour elle nous serait utile, et ce jour est venu.

Prunelle secoua la tête, bouleversée. Comme son amie avait dû avoir peur, à la merci de son frère et de ses complices… Roc, elle en était certaine, n'était pas au courant des agissements criminels de Levain !

— Mon père n'a pas pu permettre une chose pareille, chuchota-t-elle avec vigueur, révoltée.

— Je crains que ton frère ait pris beaucoup d'ascendant sur lui ces derniers temps, grommela Aube. Ça ne présage rien de bon.

— Écoutez-moi bien, continua Levain, bras croisés et menton en avant. Voici ce qui va se passer.

Il se tut quelques secondes pour ménager son effet, puis :

— C'est très simple : Prunelle, ma sœurette, tu dois te rendre immédiatement pour purger ta peine. Douze mois d'emmurement, tu te souviens ? Et douze mois de plus pour avoir fui notre justice, cela va de soi !

Il sourit, on le sentait jubiler.

— Si tu ne te montres pas, conclut-il, notre bateau fera demi-tour et ta chère Nuée sera enfermée à ta place. Deux ans, elle risque de trouver ça long… À toi de voir.

C'était tout vu, il était temps d'en finir ! Nuée avait assez souffert, pas question que Levain s'acharne sur elle !

Alors sans hésiter, Prunelle s'avança dans le fleuve à grandes enjambées. Elle avait déjà de l'eau jusqu'à mi-cuisse, à deux mètres à peine de la zone où Levain pourrait la voir et l'entendre, lorsque sa tante et son frère la tirèrent de force en arrière.

— Prunelle, non, pas comme ça ! fulmina Aube. Regarde le courant, tu pourrais te noyer ! Est-ce que tu sais nager, au moins ?

La jeune fille se débattait, mais ils eurent le dessus.

— Non, elle ne sait pas, gronda Roseau, en ramenant fermement sa sœur vers la rive. Et on doit d'abord récupérer Nuée, Levain serait capable de ne pas la libérer !

Ils revinrent sur le sable mouillé et Nox intervint, très contrarié :

— Attendez un peu, vous semblez tous penser que Prunelle doit se sacrifier, il y a peut-être une autre solution ? Nous sommes des Éclaireurs, oui ou non ?

— Ça suffit, s'insurgea Prunelle, hors d'elle. Je veux qu'il délivre Nuée tout de suite !

Au-dessus d'eux, Nox battit des ailes de plus belle, très agacé.

— Par mes aïeux, et la magie dans tout ça, hein ? Servons-nous-en pour protéger Prunelle et Nuée, voyons !

— Oh, arrête un peu, il faut savoir faire preuve de sagesse et s'avouer vaincu, parfois, riposta Aube. Si nous usons de magie, Levain répliquera, il appellera des renforts, nous n'aurons pas le dessus, nous sommes trop peu nombreux ! Et si par miracle nous le réduisons à l'impuissance, Roc se vengera, il nous fera une vie impossible, et tous et toutes sur l'île en pâtiront. Soyons raisonnables, Nox, il faut qu'on en termine ! Nous ne pouvons pas faire courir des risques à tout le monde pour sauver une seule personne !

Il écarquilla les yeux, l'air indigné.

— S'avouer vaincu, je trouve ça pathétique ! De mon temps...

— Il faut croire que ton temps est révolu, riposta Aube.

Elle se tourna vers Roseau.

— Tu as raison, nous devons récupérer Nuée avant de lui livrer Prunelle, c'est beaucoup plus sûr.

— Je prends une barque et j'y vais, s'exclama-t-il, prêt à foncer vers sa bien-aimée.

— Non, pas question, inutile qu'il découvre que tu es ici toi aussi ! Je m'en charge, décida sa tante.

Qu'ils se débrouillent comme ils voulaient : Prunelle, elle, n'avait qu'une hâte, prendre son amie dans ses bras, lui demander pardon et rentrer purger sa peine. C'était triste et douloureux, mais c'était la seule issue possible.

En regardant ceux qui l'entouraient, elle retint de justesse une forte envie de pleurer. Ce n'était pas le moment de s'attendrir. Elle se leva pour se tenir à côté de sa tante, les pieds dans l'eau, qui s'apprêtait à s'adresser à Levain.

Sa voix était toujours aussi forte, mais aisément reconnaissable, cette fois.

— Levain, c'est moi, Aube, j'assiste les malades sur l'île depuis des années. J'ai organisé la fuite de ta sœur pour la recueillir ici. J'ai été émue par son sort et j'ai cru bien faire. Je vais venir chercher Nuée en barque, ensuite je reviendrai vers toi avec Prunelle, elle est d'accord. C'est ça ou rien.

Son ton, très autoritaire, en imposait.

Levain resta d'abord silencieux, sans doute surpris par la présence de sa tante.

— J'avoue que je ne m'attendais pas à te trouver ici, lâcha-t-il.

Il caressa sa barbe naissante du bout des doigts, l'air de réfléchir.

— Qui m'assure qu'une fois que Nuée aura posé pied à terre, Prunelle me rejoindra ? ajouta-t-il, soupçonneux.

— Ma parole devrait te suffire ! rétorqua-t-elle.

— Fort bien, mais attends-toi à de sacrées représailles si tu ne remplis pas ta part du contrat.

Aube leva les yeux au ciel, pas impressionnée par les menaces de son neveu, et prit place dans la barque que Roseau venait de mettre à l'eau.

Une main glissée dans celle de son frère, Prunelle la regarda s'éloigner en direction du navire et sursauta lorsque Nox déboula près de son oreille.

— Quand je pense que tu ne sais pas nager, s'exclama-t-il. Tu m'avais caché ça !

Elle ne répondit rien, elle n'avait aucune envie de bavarder.

— Heureusement qu'Aube et Roseau t'ont retenue, l'Astragave est dangereux, on peut s'y noyer en quelques minutes.

Prunelle garda le silence, mais cela ne découragea pas la chauve-souris, qui semblait danser dans les airs, près d'elle.

— Figure-toi que j'ai eu l'occasion, lorsque j'avais encore forme humaine, de sauver deux demoiselles, tombées d'un pont et d'une falaise. Un peu de magie bien employée et hop ! deux vies épargnées. Ah, c'était le bon temps… Tout ça pour dire que si tu t'étais aventurée trop loin dans le fleuve, je n'aurais pas laissé l'Astragave t'engloutir, je serais intervenu, bien sûr.

La jeune fille soupira, agacée.

— Bravo, t'es un champion, répliqua-t-elle. Maintenant laisse-moi tranquille !

— Obéis-lui, Nox, ordonna Roseau. Ce n'est pas le moment de nous distraire avec tes exploits.

Il s'exécuta sans protester et Prunelle put se concentrer sur Nuée, qui venait de s'asseoir dans la barque d'Aube.

Sauvée !

39

Prunelle se précipita vers son amie, qui chancela en posant pied à terre.

Elle était pâle, elle avait maigri, mais un sourire heureux illuminait son visage.

Elles se jetèrent dans les bras l'une de l'autre et se serrèrent à s'en étouffer, au bord des larmes.

— Levain ne t'a pas traitée trop durement ? demanda Prunelle, le visage enfoui dans les cheveux blonds de son amie.

— Il m'a enfermée dans l'une de ces affreuses cellules. Il m'a jeté des sorts pour que je lui parle, mais ma mère m'a appris à résister à la magie. Je ne lui ai rien dit, juste des fausses pistes ! Il était furieux, mais il ne m'a pas frappée, seulement privée de nourriture. Je compte bien me rattraper !

Prunelle l'étreignit de plus belle.

— Je te demande pardon… Tout ça pour me protéger. Déjà que je te dois ma fuite !

— Pour toi, rien d'impossible, décréta Nuée avec fougue. Toutefois… méfie-toi de Levain, il t'en veut énormément, il risque de te faire passer un sale quart d'heure. Il a trouvé très humiliant ce que tu leur as infligé, à Roc et lui.

— Ne t'en fais pas pour moi ! Je ne lui opposerai aucune résistance, j'ai provoqué assez de dégâts comme ça.

Elles s'écartèrent un peu quand Aube frappa dans ses mains.

— Dites-vous au revoir, je n'ai pas envie que Levain s'impatiente.

Les yeux dans les yeux, les deux amies se firent la promesse muette de rester liées, quoi qu'il arrive. Leurs regards parlaient pour elles.

Nuée se détourna, les larmes aux yeux, et se réfugia dans les bras grands ouverts de Roseau, ému lui aussi.

— Allez, viens, c'est le moment, insista Aube.

Prunelle acquiesça lentement, avant d'embrasser une dernière fois les deux personnes qu'elle aimait le plus au monde. Si elle avait su que son séjour sur l'île serait si bref, elle aurait davantage profité de la présence de son frère, au lieu de se laisser charmer par ce traître de Galet !

Elle enjamba le rebord de l'embarcation et s'assit sur le banc humide, à côté de sa tante. Roseau poussa leur barque. Prunelle ne se retourna pas de crainte d'être submergée par l'émotion.

Sa tante et elle ramèrent en silence, les événements de la veille toujours présents entre elles. À leur approche, Levain mima une révérence, sourire méprisant aux lèvres.

— Comment a-t-il pu devenir odieux à ce point ? marmonna Aube. Il était si mignon, enfant.

Elle posa soudain une main sur le genou de Prunelle.

— La magie si sombre que tu as convoquée hier a produit aussi des bienfaits dont tu peux être fière, reconnut-elle. Grâce à toi, plus rien ne permet d'identifier les anciens Pustuleux. Ils pourront à nouveau circuler librement. Ils t'en seront éternellement reconnaissants... Mais à l'avenir, sois prudente.

Elle se tut, leur barque venait de heurter le canot de Levain.

Il tendit un bras pour que sa sœur s'en saisisse et le rejoigne. Prunelle s'exécuta, le cœur au bord des lèvres, tandis que sans même un mot pour son neveu, Aube faisait demi-tour.

— Remontez-nous ! hurla Levain aux hommes à bord du navire.

40

Le canot débuta son ascension brinquebalante. Prunelle s'assit pour ne pas perdre l'équilibre et Levain lui agrippa la nuque d'une main féroce.

— À la moindre tentative magique de ta part, sœurette, je massacre ton nerf de Nectar, compris ?

Elle acquiesça, le dos crispé.

— Franchement, quelle idée de traîner avec cette bande de Pustuleux ! reprit-il, désinvolte. À quoi servent-ils, tu peux me le dire ? Et ma tante qui joue les bonnes âmes auprès de ces miséreux ! Je souhaite bien du plaisir à Nuée, elle n'a plus qu'à cuisiner des craquelins pour les malades, ça l'occupera. J'espère d'ailleurs que tu n'as pas attrapé cette horrible pustu...

— Comment va notre père ? le coupa sèchement Prunelle.

— Réduit à néant ! Plus d'énergie, plus d'appétit, des douleurs vives, la magie et le moral au plus bas. Parfois même il délire, parle d'une malédiction qui frappe ses enfants, rien de très cohérent... Normal, ce que tu nous as fait subir était d'une violence inhumaine ! Sans compter que Roc a perdu deux de ses enfants, je te le rappelle.

— Il n'a perdu personne ! rétorqua-t-elle. Il nous a chassés, c'est différent.

Elle n'en montra rien, mais savoir son père dans cet état, par sa faute, lui faisait mal au ventre. Elle n'avait rien souhaité de tel, elle avait simplement voulu échapper à une peine injuste. Elle avait envie de le voir, de s'expliquer, et de lui demander pardon, sûrement, pour soulager sa conscience. Et peut-être même de plaider sa cause...

— Laisse-moi lui parler avant de m'emmurer, tenta-t-elle.

Elle n'eut droit qu'à un regard lourd, chargé d'ironie, en guise de réponse.

Le canot, en bout de course, fut hissé sur le pont.

Les hommes présents, Ruisseau, Flocon, Bronze, Pic ou Lierre, la dévisagèrent avec froideur.

Sans relâcher la prise sur sa nuque, Levain l'entraîna vers la proue.

— Viens prendre un bon bol d'air frais, sœurette, car d'ici peu tu en seras totalement privée.

Cette perspective semblait lui procurer un plaisir fou.

— Tu n'as pas mieux à faire que de me pourchasser ? s'écria-t-elle, gagnée par la colère. Traquer les Obscurs, par exemple ? Ce devrait être ta seule priorité, c'est ce que je ferais à ta place !

Il ricana, méprisant.

— On en reparlera quand tu seras grande !

L'espace d'une seconde, une seule, Prunelle songea à convoquer ce qu'il y avait de plus sombre en elle, en lui jetant un sort de magie noire, très noire. Elle pouvait provoquer sa mort subite d'un simple maléfice, c'était sans doute à sa portée... Au prix d'un sérieux effort de volonté, elle réprima cette envie meurtrière. Cela ne ferait qu'engendrer de nouvelles catastrophes. À la place, elle serra fort son médaillon, pour y puiser le courage dont elle avait besoin. Il frémit doucement sur sa poitrine et elle se sentit moins seule. Au moins Galet n'avait pas annulé son sort d'amour éternel, c'était la seule chose à porter au crédit de ce monstre.

Levain s'appuya au bastingage. Elle frissonna lorsqu'il la força à l'imiter, les doigts rivés à son nerf de Nectar, prêts à l'anéantir à la moindre tentative magique de sa part.

— Au fait, je ne t'ai pas dit...

Il s'interrompit en lui jetant un petit coup d'œil. Monsieur avait envie de se faire prier pour continuer. Pas question. Elle resta silencieuse, les yeux rivés au fleuve, une quinzaine de mètres plus bas. À ses eaux sombres, vertes et boueuses, trop agitées, qui se fracassaient sur la coque. Elle en eut presque le vertige, comme si elle se trouvait au bord d'un gouffre. Elle se laissa distraire un instant par un oiseau, plus loin, si vif qu'elle avait du mal à suivre sa course endiablée au ras de l'Astragave.

— ... tu ne seras pas emmurée, finalement, reprit Levain.

Prunelle tourna la tête vers lui, le souffle coupé.

— Quoi ?

— Comme tu peux l'imaginer, j'ai les pleins pouvoirs en attendant que Roc se rétablisse. J'ai donc toute liberté de faire évoluer ta peine à ma guise.

— Vas-y, parle ! s'écria-t-elle.

L'oiseau passa au-dessus d'eux en rase-mottes, si vite qu'elle le vit à peine avant qu'il plonge tête la première vers les flots tumultueux, puis les évite, au dernier moment, pour remonter vers le ciel.

— Vois-tu, te savoir à proximité, toi, sa fille chérie, une traîtresse, ferait souffrir notre père plus que nécessaire. Donc j'ai choisi une autre solution. Mon fier navire te conduira à Beloubli. Tu y resteras deux ans, peut-être plus, à l'issue desquels je viendrai te chercher. Tu retrouveras alors ta place auprès de nous. Tu ne seras plus la même bien sûr, ce sera un soulagement pour tout le monde !

Prunelle s'agrippa de toutes ses forces à la rambarde. Ses jambes faiblissaient, elle avait la chair de poule et peur de s'effondrer.

Beloubli... Une petite terre au sud du comté, située au bout de l'un des bras du fleuve. Un lieu où l'on conduisait les Éclaireurs et les sorcerelles coupables des pires des crimes. Une fois là-bas, ils perdaient aussitôt la mémoire, ne savaient plus où ils étaient, qui ils étaient, et leur magie s'évanouissait, à jamais. Ils étaient tellement désorientés qu'ils ne tentaient même pas de s'enfuir. Ils végétaient sur place jusqu'à ce que, dans le meilleur des cas, on vienne les chercher.

À croire que Levain voulait sa mort ! Que lui aussi se laissait tenter par le penchant le plus obscur de son âme, mais sans résister !

— Tu ne peux pas me faire ça, lâcha-t-elle d'une voix blanche. C'est... c'est monstrueux, Roc t'en empêchera.

L'envie forte d'éliminer son frère la saisit de nouveau. De s'en débarrasser définitivement, comme d'un insecte nuisible. Elle serra les dents pour lutter contre cette folle tentation et sursauta en entendant battre les ailes de l'oiseau, juste au-dessus d'elle.

— Il ne le saura pas ! rétorqua Levain. De toute façon, en ce moment, tout l'indiffère... Je compte en profiter, d'ailleurs, pour opérer quelques modifications dans le comté. Les sorcerelles ont encore trop de liberté et mille occasions de se laisser tenter par la magie forte, je vais y mettre bon ordre, d'une façon ou d'une autre. Envisager de nouvelles lois, celle de notre père ne suffit visiblement pas à vous faire tenir tranquilles.

Il s'apprêtait à devenir un véritable tyran, surpassant Roc de très loin !

Prunelle frémit, l'oiseau venait de lui frôler le dos. Elle le regarda s'éloigner et faillit pousser un cri stupéfait. Ce n'était pas un oiseau, c'était Nox ! Par chance, Levain ne semblait pas l'avoir remarqué.

— Respire un bon coup, sœurette, le moment est venu de te conduire à fond de cale, ce n'est pas très confortable, mais bon… Dernière chose, tu seras enchaînée et je me ferai une joie de neutraliser ton nerf de Nectar. On n'est jamais trop prudent !

Prunelle ne répondit pas.

De toute évidence, la chauve-souris voulait attirer son attention, mais dans quel but ?

— Levain, donne-moi encore quelques minutes à l'air libre, s'il te plaît, murmura-t-elle.

Méfiant, il lui crocheta la nuque encore plus fort et tourna la tête pour hurler :

— Hissez les voiles !

Puis :

— Ruisseau, viens là.

Le jeune homme se hâta de le rejoindre et ils entamèrent une discussion à mi-voix.

Levain relâcha légèrement son attention et sa prise sur son cou, tant mieux. Prunelle ne perdait plus Nox des yeux. Il ne cessait de piquer vers le fleuve, avant de reprendre de l'altitude et de piquer encore.

Ses derniers mots lui revinrent en tête, et soudain elle comprit ce qu'il voulait. Lorsqu'il avait évoqué ces deux jeunes filles sauvées de la noyade, ce n'était pas du bavardage, c'était un message ! Il lui faisait comprendre qu'il pourrait faire de même avec elle !

Elle frissonna, terrifiée.

Puis elle se dit qu'elle n'avait rien à perdre. Qu'elle devait lui faire confiance, cette fois encore. Qu'il saurait la secourir, la mener en lieu sûr, auprès de Dune, comme prévu. Que là-bas, avec le soutien de cette femme, elle trouverait comment ramener Roc, et peut-être même Levain, à la raison.

Alors à son frère elle déclara soudain, d'un ton tragique :

— Dans ces conditions, je préfère en finir. Adieu !

Mieux valait qu'il la croie morte, désormais ! Qu'il ne se méfie pas lorsqu'elle reviendrait, bientôt, offrir une vie meilleure aux sorcerelles et aux Éclaireurs du comté.

Le temps qu'il se tourne vers elle, marmonne un « Quoi ? » stupéfait, elle était passée par-dessus la rambarde pour chuter quinze mètres plus bas, la peur au ventre, dans les flots mauvais de l'Astragave. Sa dernière pensée avant de toucher l'eau fut pour Nox : s'il voulait de nouveau sauver une demoiselle en détresse, c'était le moment d'agir !

Tome 2 à paraître...

L'autrice

Agnès Laroche est née en 1965 à Paris, elle vit aujourd'hui à Angoulême. Son principal trait de caractère : la distraction. Même quand elle est là, elle est ailleurs. Un ailleurs où fourmillent les rêves et les idées grâce auxquels elle invente des histoires pour les enfants, les adolescents ou leurs parents.

Elle est l'autrice de fictions diffusées à la radio et de nombreux romans et albums pour la jeunesse.

Vous pouvez la retrouver sur Instagram :
agneslaroche.autrice
Et sur Facebook :
agnes.laroche.182

RAGEOT s'engage pour l'environnement en réduisant l'empreinte carbone de ses livres. Celle de cet exemplaire est de :
750 g éq. CO_2
Rendez-vous sur www.rageot-durable.fr

PAPIER À BASE DE FIBRES CERTIFIÉES

Cet ouvrage a été composé par IGS-CP
à L'Isle-d'Espagnac (16)

Achevé d'imprimer en Italie en décembre 2020
par Grafica Veneta
Dépôt légal : janvier 2021
N° d'édition : 7647-01